宋詞必讀一百首

商務印書館

宋詞必讀一百首

編　　著：王愛娣

責任編輯：楊克惠

封面設計：張　毅

出　　版：商務印書館（香港）有限公司

香港筲箕灣耀興道 3 號東滙廣場 8 樓

http://www.commercialpress.com.hk

發　　行：香港聯合書刊物流有限公司

香港新界荃灣德士古道 220–248 號荃灣工業中心 16 樓

印　　刷：中華商務彩色印刷有限公司

香港新界大埔汀麗路 36 號中華商務印刷大廈 14 字樓

版　　次：2023 年 3 月第 1 版第 6 次印刷

© 2010 商務印書館（香港）有限公司

ISBN 978 962 07 4462 4

Printed in Hong Kong

宋詞必讀一百首

王禹偁　點絳唇

掃碼聆聽粵語朗讀

雨恨雲愁，江南依舊稱佳麗。
水村漁市，一縷孤煙[1]細。

天際征鴻，遙認行如綴[2]。
平生事，此時凝睇[3]，誰會[4]憑闌意！

王禹偁

賞析

點絳唇，詞牌名，內容多寫女子情態，輕靈婉轉。王禹偁是北宋初期首先反對唐末以來浮靡文風，提倡平易樸素的優秀作家之一；他為官清廉，一生中三次被貶，但仍不畏權勢，以直躬行道為己任。

詞中描繪江南美景尚依舊：濛濛煙雨中的村落漁市，一縷孤煙裊裊升起，遙望水天相接處，一行大雁，一隻接一隻地款款而飛，聯想到自己，胸中雖有大志卻無人能夠理解。全詞寓情於景，清麗質樸。

註釋

1. 孤煙：炊煙。
2. 行如綴：排成行的大雁，一隻接一隻，如同連綴在一起。
3. 凝睇：凝視。睇：斜視的樣子。
4. 會：理解。

經典名句

平生事，此時凝睇，
誰會憑闌意！
　　遙見沖天遠去的大雁，不由想到自己，有誰能理解我的鴻鵠之志呢！

掃碼聆聽粵語朗讀

林逋　長相思

吳山青，越山[1]青。兩岸青山相送迎[2]，
誰知離別情？

君淚盈，妾[3]淚盈。羅帶同心結[4]未成，
江頭潮已平。

賞析

《長相思》原是南朝民歌，後為詞牌名，內容多寫男女相思之情。詞以吳越青山、錢塘江潮為背景，用民歌迴環複遝的形式，以一女子的口吻，寫出一對有情人彼此相愛卻難成眷屬，臨別之際，淚眼相對的情景，用山水無情反襯情人有恨。

註釋

1. 吳山、越山：吳、越一帶的山。吳、越在今江蘇、浙江一帶。

2. 相送迎：青山送別這對有情人，突出青山不理解他們的離別痛苦。

3. 妾：詞中抒情女子的謙稱。

4. 同心結：古代男女定情時，往往用絲綢帶打成的一個心形的結。

經典名句

兩岸青山相送迎，
誰知離別情？

　　兩岸的青山似在殷勤地送往迎來，有誰知道訣別的痛苦？

范仲淹　蘇幕遮

掃碼聆聽粵語朗讀

碧雲天，黃葉地。秋色連波，波上寒煙翠。

山映斜陽天接水。芳草無情，更在斜陽外。

黯鄉魂[1]，追旅思[2]。夜夜除非[3]，好夢留人睡。

明月樓高休獨倚。酒入愁腸，化作相思淚。

賞析

蘇幕遮，幕，亦作"莫"或"摩"，原為"西戎胡語"，源自西域龜茲國，又名《雲霧斂》、《鬢雲松令》。此詞內容多寫別離之苦。

此詞為羈旅思鄉之作。上片寫景：白雲滿天，黃葉遍地，夕陽西下，波上寒煙裊裊，岸邊的芳草似是無情，又在西斜的太陽之外。下片抒情：遊子漂泊，羈旅他鄉，思鄉之苦揮之不去，每天夜不能寐，除非是美夢才能留入入睡。當明月照射高樓時不要獨自憑倚。端起酒來，酒入愁腸，都化作了相思的眼淚。

註釋

1. 黯鄉魂：黯，沮喪愁苦。指思鄉之苦，令人黯然銷魂。此語化用江淹《別賦》"黯然銷魂者，惟別而已矣"。

2. 追旅思：追，追隨，糾纏不休。旅思，羈旅之愁思。

3. 夜夜除非，即"除非夜夜"的倒語。朗讀時，在節拍上須作停頓。

經典名句

酒入愁腸，化作相思淚。

　　酒喝進了憂愁百結的腸胃，都化作了相思之淚。欲遣相思，反而更增添思鄉之苦了。

范仲淹　**漁家傲**

塞下秋來風景異，衡陽雁去[1]無留意。
四面邊聲[2]連角[3]起。千嶂裏，長煙落日孤城閉。

濁酒一杯家萬里，燕然[4]未勒[5]歸無計。
羌管[6]悠悠霜滿地。人不寐，將軍白髮征夫淚。

賞析

漁家傲，詞牌名，又名吳門柳、遊仙詠等。此詞為作者鎮守西北邊疆時所作，格調蒼涼悲壯。以秋天塞外邊聲號角連起，崇山峻嶺之間，長煙落日孤城緊閉的大漠風光為背景，以雁去衡陽竟毫無留念之意襯托環境的惡劣，寫出戍邊將士對家鄉的深切思念，可又因邊患未平、功業未成而不得歸去的悲苦。

註釋

1. 衡陽雁去："雁去衡陽"的倒語。相傳
   北雁南飛，到湖南衡陽為止。
2. 邊聲：邊境特有的風聲、樂聲和馬嘶
   聲等。
3. 角：軍中的號角。
4. 燕然：山名，即今蒙古境內的杭愛山。
5. 勒：刻石記功。
6. 羌管：羌笛。羌族的一種樂器。

經典名句

羌管悠悠霜滿地。
人不寐，將軍白髮征夫淚。

　　霜夜裏傳來了幽怨的《折楊柳》笛曲，戍邊將軍和士兵深夜無法入眠，大家都因思念家鄉而愁白了頭髮，暗自流淚啊！

柳永　**蝶戀花**

掃碼聆聽粵語朗讀

佇[1]倚危樓[2]風細細，望極春愁，黯黯生天際。
草色煙光殘照裏，無言誰會憑闌意。

擬[3]把疏狂圖一醉，對酒當歌[4]，強樂還無味。
衣帶漸寬終不悔，為伊消得人憔悴。

賞析

蝶戀花，又名鳳棲梧、鵲踏枝等，內容多抒發纏綿悱惻或內心憂愁之情緒。

詞為懷人之作，表達對愛情的執着精神。人倚高樓，久久地深情遠望，漫漫天際，草色煙光斜陽裏，春愁由此而生。然而，卻沒有人能理解我，還是借助美酒，痛飲狂歌，把一腔狂熱之情揮灑，強顏歡樂，終覺"無味"。柳永的人生在淺吟低唱裏青春流逝，於輕憐蜜愛中徒生滿腹的惆悵和徹骨的悲涼，儘管如此，他卻表示一生不後悔。

註釋

1. 佇（zhù，粵 cyu[5]柱）倚：，長時間地站立。
2. 危樓：高樓。
3. 擬：打算，準備。
4. 對酒當歌：曹操有詩曰"對酒當歌，人生幾何"。

經典名句

衣帶漸寬終不悔，
為伊消得人憔悴。

　　思念你，即使因此而身體消瘦，面容憔悴，我也心甘情願，決不後悔。

柳永　雨霖鈴

掃碼聆聽粵語朗讀

寒蟬淒切。對長亭晚[1]，驟雨[2]初歇。都門[3]帳飲無緒，
留戀處、蘭舟催發。執手相看淚眼，竟無語凝噎。
念去去[4]、千里煙波，暮靄[5]沉沉楚天闊。

多情自古傷離別。更那堪、冷落清秋節！
今宵酒醒何處？楊柳岸、曉風殘月。此去經年[6]，
應是、良辰好景虛設。便縱有千種風情，更與何人說？

賞析

雨霖鈴，亦作雨淋鈴，曲調具有哀傷成分。詞人當時因仕途不得意，放蕩不羈，留連於都城汴京的煙花巷陌，離開京都時寫下這首詞，抒發與情人分手時的離愁別恨。

上片，詞人巧設情境，把情人間的別離置於黃昏驟雨後，長亭外，蘭舟正催發的特定時空下，以寒蟬的淒切之聲渲染氣氛，以執手相看淚眼、竟無語凝噎的細節描寫，突出彼此間撕心裂肺的別離之苦，並且想像着別離後，沉沉暮靄下的千里煙波，竟是遙無邊際，心裏一片茫然。下片，開頭兩句承轉自然，直接點明主題：自古別離已苦不堪言，更何況又在冷落淒清的秋天呢！別離之後，一切良辰好景都形同虛設，縱然有千種心情，萬般相思，又能向何人訴說呢？

註釋

1. 對長亭晚：面對長亭，正是傍晚時分。
2. 驟雨：陣雨。
3. 都門：國都之門。在京都郊外搭起帳幕設宴餞行。
4. 去去：愈行愈遠。
5. 暮靄（ǎi，粵 oi² 藹）：傍晚的雲氣。
6. 經年：經過一年或多年，此指年復一年。

經典名句

今宵酒醒何處？
楊柳岸、曉風殘月。

　　誰知我今夜酒醒後，身在何處？恐怕只在楊柳依依的岸邊，任清冷的晨風吹拂我面，看淒涼的殘月掛在天邊。

柳永

柳永　# 歸朝歡

掃碼聆聽粵語朗讀

別岸[1]扁舟三兩隻。葭葦蕭蕭風淅淅。
沙汀宿雁破煙[2]飛，溪橋殘月和霜白。
漸漸分曙色。路遙山遠多行役[3]。
往來人，隻輪雙槳，盡是利名客[4]。

一望鄉關煙水隔。轉覺歸心生羽翼。
愁雲恨雨兩牽縈，新春殘臘相催逼。
歲華[5]都瞬息。浪萍風梗誠何益。
歸去來，玉樓深處，有箇人相憶。

賞析

歸朝歡，詞牌名，又名西湖曲、玉樓春等。這首詞寫冬日早行而懷念故鄉親人及漂泊天涯的苦悶情緒。

上片，從遠處着筆，用"扁舟""蘆葦""沙汀""宿雁""溪橋""殘月""白霜"等意象，運用白描、鋪敍手法，寫盡眼前景致。下片"一望鄉關煙水隔"起承轉合，自然貼切，由寫景過渡到主觀抒情：歸心似箭，雲帶愁來，雨將恨去，兩地牽掛，歲月匆匆，年華易逝，這種羈旅生活像浮萍和斷梗一樣隨風水飄盪無定，不如歸去。詞人一方面留戀風情，一方面又懷念故鄉親人，這矛盾始終糾纏着他，結尾"玉樓深處，有個人相憶"句便是這種感情的自然流露。

註釋

1. 別岸：遠處的江岸。
2. 破煙：衝破煙霧。
3. 行役：泛稱行旅，出行。
4. 利名客：追逐名利的人。
5. 歲華：時光，年華；泛指草木。因其一年一枯榮，故謂。

經典名句

歸去來，玉樓深處，
有箇人相憶。

　回家吧，玉樓深處，有個人在深情地想念着你。

柳永

9

柳永　望海潮

掃碼聆聽粵語朗讀

東南形勝[1]，三吳[2]都會，錢塘[3]自古繁華。

煙柳畫橋，風簾翠幕，參差[4]十萬人家。

雲樹繞堤沙。怒濤捲霜雪，天塹[5]無涯。

市列珠璣，戶盈羅綺，競豪奢。

重湖疊巘[6]清嘉[7]。有三秋桂子，十里荷花。

羌管弄晴，菱歌泛夜，嬉嬉釣叟蓮娃。

千騎擁高牙。乘醉聽簫鼓，吟賞煙霞。

異日圖將好景，歸去鳳池[8]誇。

賞析

望海潮，為柳永所創，寫於他永漫遊杭州期間。據《鶴林玉露》記載，《望海潮》是柳永為了與好友孫何相見而作，詞中不乏對杭州城市生活圖景的溢美之辭。

作品一反柳永慣常寫兒女情長的風格，以大開大闔、波瀾起伏的筆法，濃墨重彩地鋪敍並展現了杭州的繁華、錢江潮的壯觀、西湖的風光美景，以及權貴們的排場風度。詞中由數字組成的片語，如"三吳都會"、"十萬人家"、"三秋桂子"、"十里荷花"、"千騎擁高牙"等，或為實寫，或為虛指，均帶有誇張語氣，顯示出柳永式的豪放詞風。

註釋

1. 東南形勝：東南地區的地理位置優越。
2. 三吳：舊指吳興、吳郡、會稽。
3. 錢塘：即杭州。
4. 參差（cēn cī）：高低不齊的樣子。
5. 天塹：原指天然的深溝，這裏用來形容錢塘江。
6. 疊巘：指靈隱山、南屏山、慧日峰等重重疊疊的山嶺。
7. 清嘉：指湖山之美。
8. 鳳池：即鳳凰池，本指皇帝禁苑中的池沼，指代皇帝。

經典名句

重湖疊巘清嘉。有三秋桂子，十里荷花。

裏湖、外湖與重重疊疊的山嶺景色宜人，清秀美麗。三秋時節桂花飄香，映日荷花綿延十里，芬芳馥郁，令人陶醉。

柳永　八聲甘州

對瀟瀟[1]、暮雨灑江天，一番洗清秋。漸霜風淒緊[2]，
關河[3]冷落，殘照當樓。是處紅衰翠減，
苒苒[4]物華休[5]。惟有長江水，無語東流。

不忍登高臨遠，望故鄉渺邈，歸思難收。
歎年來蹤跡，何事苦淹留？想佳人、妝樓顒[6]望，
誤幾回、天際識歸舟。爭知我、倚闌干處，正恁[7]凝愁！

賞析

八聲甘州，又名甘州、瀟瀟雨等，因上下闋用了八個韻，故名八聲。這首詞通過景物描寫突出羈旅行役之苦，表達思歸情緒，語淺而情深，是柳永寫羈旅傷懷最著名的詞作，被譽為"古今傑構"。

上片寫景，開頭"對"字用得極好，統領下文，將一切景物盡收眼底：暮雨中的寥闊江天，秋雨沖洗後顯得格外零落蕭疏的樹木，山河淒冷，夕陽滿目，到處紅衰翠減，唯有長江之水，無語向東流去。此乃無我之境，卻境中有我。下片敘事、抒情，手法多變，"不忍""望""歎"字突出詞人的思歸情懷；"想"和"誤"字巧妙轉換視角，寫佳人顒望，誤識歸舟，突出親人對自己的思念。一種相思，兩處閒愁，怎奈是，她不知我正憑欄凝望，閒愁萬種。

註釋

1. 瀟瀟：雨聲急驟。
2. 淒緊：形容秋風寒冷蕭瑟。
3. 關河：青山河流。殘陽：夕陽。
4. 苒苒（rǎn 染，粵 jim[5] 染）：漸漸地。
5. 物華休：美好的景致已不復存在。
6. 顒（yóng 喁，粵 jung[4] 容）：抬頭。
7. 恁（nèn 嫩，粵 jam[6] 任）：如此，這樣。

經典名句

漸霜風淒緊，關河冷落，
殘照當樓。

　　漸漸地，霜風更加淒清寒冷，青山河流一片蕭索，夕陽無精打采地照着高樓。

柳永 **憶帝京**

薄衾[1]小枕涼天氣。乍覺[2]別離滋味。展轉[3]數寒更，
起了還重睡。畢竟不成眠，一夜長如歲。

也擬待[4]、卻回征轡[5]。又爭奈、已成行計。萬種思量，
多方開解，只恁寂寞厭厭地。繫我一生心，負你千行淚。

賞析

憶帝京，詞牌名。這首詞雖寫兒女情長之類的離愁別緒，但卻注意表現自我獨特的情感體驗。言情敘事，不作烘托渲染，而是直抒胸臆；不加任何藻飾，卻生動地刻畫出主人公思念難眠，一夜輾轉反側的心理過程。

上片寫主人公與心上人別離後的相思滋味：擁着薄衾小枕，體會剛剛分手後的別離滋味；空牀輾轉，夜不能寐，默默地數着寒更，坐起來又重躺下，長夜漫漫，何時是盡頭。下片寫遊子思歸：也可準備、掉轉馬頭回去吧，既已踏上征程，又怎能再返回原地呢？矛盾之際，"萬種思量，多方開解"，終究只能百無聊賴地過下去了。

註釋

1. 衾（qīn 親，粵 kam[1] 襟）：被子。
2. 乍覺：初覺，剛覺。
3. 展轉：翻來覆去的樣子。
4. 擬待：準備等待。
5. 轡（pèi 配，粵 bei[3] 祕）：駕馭牲口的嚼子和韁繩。

經典名句

繫我一生心，負你千行淚。
　　我對你一生一世也不會忘記，就欠你千行眼淚，萬種相思。

張先　木蘭花

掃碼聆聽粵語朗讀

乙卯吳興寒食[1]。

龍頭舴艋[2]吳兒競，筍柱鞦韆遊女並。
芳洲[3]拾翠暮忘歸，秀野踏青來不定。

行雲[4]去後遙山暝，已放笙歌池院靜。
中庭月色正清明，無數楊花[5]過無影。

柳永　張先

賞析

寫作此詞時，作者已八十六歲，但仍保持旺盛的熱情，對男女競渡遊樂表現出極高的雅興。詞前小序點明寫作時間。

上片寫遊春時的熱鬧場景：男兒賽龍舟，女孩盪鞦韆、拾翠、踏青，流連忘返，直至暮色降臨。下片寫興盡晚歸後，笙歌停歇，月色清明，一片寧靜的景象。

註釋

1. 寒食：寒食節，在清明節前一二日，禁煙火，只吃冷食。
2. 龍頭舴艋：形如蚱蜢似的小龍舟。
3. 芳洲：長滿芳草的沙洲。
4. 行雲：指踏青的女子。
5. 楊花：指柳絮。

經典名句

中庭月色正清明，
無數楊花過無影。

　　庭中月色清澈明亮，點點楊花隨風飄散，朦朧月光下看不見它的影子。

張 先　**天仙子**

掃碼聆聽粵語朗讀

時為嘉禾（今浙江嘉興）小倅[1]，以病眠，不赴府會。

水調[2] 數聲持酒聽，午醉醒來愁未醒。送春春去幾時回？
臨晚鏡，傷流景[3]，往事後期空記省[4]。

沙上並禽[5]池上暝[6]，雲破月來花弄影。重重簾幕密遮燈，
風不定，人初靜，明日落紅應滿徑。

賞析

為詞人臨老傷春之名作，詞前小序交待寫作緣由。作者正在嘉禾任判官，當日因病而睡，索性不去參加府裏的宴會，最終才有了獨自面對暮春夜景的這番優美景致和深沉的感慨。

上片敍事，感歎年華易逝：手把美酒聽着水歌曲調，醉着睡去又醒來，愁緒仍滿懷，對鏡感傷，青春容易逝，一去不復返。下片寫景，心與景會：水禽並眠在池邊沙岸上，夜幕籠罩了大地，雲開月朗，晚風吹拂，花在月下擺弄姿態，夜深人已靜，詞人想像着，明天一定落紅滿徑。"雲破月來花弄影"句極妙，王國維《人間詞話》評價曰："著一'弄'字而境界全出矣。"詞人亦因詞中善用"影"，被稱作"張三影"。

註釋

1. 小倅（cuì 翠，粵 ceoi³）：即小副官，這裏指判官。
2. 水調：曲調名，相傳隋煬帝開鑿汴河時自製此曲《水調歌》。
3. 流景：如流水般逝去的光陰。
4. 空記省：省，醒悟，明白。白白留在記憶中。
5. 並禽：成對的鳥兒。這裏指鴛鴦。
6. 暝：天色昏暗。

經典名句

沙上並禽池上暝，
雲破月來花弄影。

　　鳥兒成對地憩息在沙岸上，夜幕逐漸籠罩了大地。雲開月出，晚風陣陣，花兒擺弄姿態，在月下婆婆搖曳。

晏殊　浣溪沙

掃碼聆聽粵語朗讀

一曲新詞酒一杯，去年天氣舊亭台。夕陽西下幾時回？

無可奈何花落去，似曾相識燕歸來。小園香徑[1]獨徘徊。

賞析

晏殊是北宋詞壇重要詞人，歷任朝廷要職，更兼提拔後進，如范仲淹、韓琦、歐陽修等，皆出其門。一生富貴，作品多寫詩酒悠閒生活，表現真性情，少有愁苦之詞。

這首詞表面寫傷春惜時，實為感慨抒懷，詞人看到宇宙間有如時光一般容易消失的東西，卻也看到了永恆不變的存在。上片寫對酒聽歌，感歎時光流逝：去年此時此景如在目前，可夕陽西去，幾時才能回來？下片寫花開花落，是無可挽留的無奈，燕去燕歸來，又讓人稍稍感到一絲絲的欣喜。面對此情此景，詞人獨自徘徊在落滿花香的園中小路上。

註釋

1. 香徑：花間小徑。

經典名句

無可奈何花落去，
似曾相識燕歸來。

　眼前花開花又落，春歸春又去，令人無可奈何；忽見燕子翩飛，似曾相識，原是去年舊燕，今又歸來。

晏殊　**浣溪沙**

掃碼聆聽粵語朗讀

一向[1]年光有限身[2]，
等閒[3]離別易銷魂。
酒筵歌席莫辭頻[4]。

滿目山河空[5]念遠，
落花風雨更傷春。
不如憐取眼前人。

晏
殊

賞析

此詞慨歎人生有限，抒寫離情別緒，表現出及時行樂的思想。詞中所寫並非一時一地之景之事，表現作者人生觀的一個方面：悲年光之有限，感世事之無常；慨歎時空距離難以逾越，對已逝去的美好事物的追念總是徒勞，故要立足現實，牢牢抓住眼前一切。上片寫時光匆匆易逝，生命有限，與其忍受每一次令人黯然銷魂的別離之苦，還不如對酒當歌，及時行樂。下片寫山河遙遠，懷遠本已徒勞，為落花流水而傷春，不如憐惜眼前之人。

註釋

1. 一向：一晌，片刻之間。

2. 有限身：短暫未久的人生。

3. 等閒：平平常常。

4. 頻：指宴會頻繁。

5. 空：白白地，徒勞。

經典名句

滿目山河空念遠，
落花風雨更傷春。

　　極目遠眺，山河遼遠，對此無法逾越的空間距離，即使心生懷念，終為徒勞，若是看花落淚，聽風雨而泣，則更加傷春不已。

晏殊　蝶戀花

掃碼聆聽粵語朗讀

檻[1]菊愁煙蘭泣露。羅幕[2]輕寒,燕子雙飛去。
明月不諳離恨苦,斜光到曉穿朱戶[3]。

昨夜西風凋碧樹。獨上高樓,望盡天涯路。
欲寄彩箋兼尺素[4],山長水闊知何處!

賞析

此為一首宮中富貴之人的閒愁。上片寫景,寓情於景:園裏的菊花、蘭草籠罩在如煙霧氣裏,那神態已有了幾分憂愁,像是在露中飲泣;房子裏仍有些許涼意,燕子也成雙成對地飛出去;明月不解風情,依舊升起,它哪裏知道人間有多少離愁苦恨,依然徹夜,靜靜地把清輝灑向富貴人家。下片敘事,表達無法排解的愁緒:昨夜西風吹拂,樹葉飄零,今朝獨上高樓,極目遠眺,路漫漫,何處是盡頭?想寄滿腹愁緒,卻只是山長水闊,不知心上人在何方!

註釋

1. 檻 (jiàn 見,粵 laam⁶ 濫):欄杆。
2. 羅幕:絲羅的帷幕,富貴人家所用。
3. 朱戶:即朱門,指大戶人家。
4. 尺素:書信的代稱。古人寫信用素絹,長約一尺,故稱尺素。

經典名句

昨夜西風凋碧樹。獨上高樓,
望盡天涯路。

　昨夜西風獵獵,吹盡滿樹黃葉。今朝獨上高樓,極目遠眺,路漫漫,何處是盡頭?(此句被王國維用於指古今成大事業、大學問者必經之三種境界的第一種,意為不畏艱苦,不怕孤獨,為尋找心中的目標,可以忍受一切。)

晏殊　# 清平樂

掃碼聆聽粵語朗讀

金風[1]細細，葉葉梧桐墜。
綠酒初嘗人易醉。一枕小窗濃睡。

紫薇[2]朱槿[3]花殘，斜陽卻照闌干[4]。
雙燕欲歸時節，銀屏[5]昨夜微寒。

賞析

清平樂，又名清平樂令、醉東風。此詞代表了晏殊詞的閒雅風格和富貴氣象。詞從眼前景致着手，以精細的筆觸，描寫細細的秋風、衰殘的紫薇、木槿、斜陽照耀下的庭院等意象，通過主人公在精緻的小軒窗下目睹雙燕歸去、感到銀屏微寒這一情景，營造了一種冷清肅穆的意境，抒發內心淡淡的憂傷。雖不是正面寫情，讀來卻句句寓情、字字含愁。結尾處詞人不說自己孤獨，而說"雙燕欲歸"，不說心寒，而說"屏寒"，含蓄蘊藉，令人低徊不盡。

註釋

1. 金風：秋風，古代以陰陽五行解釋季節演變，秋屬金，故稱秋風為金風。
2. 紫薇：花名，亦稱紫葳、凌霄花，夏秋開花。
3. 朱槿：花名：即扶桑。
4. 闌干：橫斜貌。
5. 銀屏：鑲銀或銀色的屏風，借指華美的居室。

經典名句

雙燕欲歸時節，
銀屏昨夜微寒。

　　成雙成對的紫燕即將歸巢時候，銀色屏風昨夜就有些微微的寒意了。

晏殊 # 採桑子

掃碼聆聽粵語朗讀

時光只解催人老，不信多情，
長恨離亭[1]，淚滴春衫酒易醒。

梧桐昨夜西風急，淡月朧明[2]，
好夢頻[3]驚，何處高樓雁一聲。

賞析

採桑子，詞牌名，又名"醜奴兒"、"羅敷媚"等。此詞牌始於晏殊，雖為小令但節奏感極強，簡勁中見纏綿。

上片寫時光不解風情，只知催人老去，情人分離，總讓人淚滴春衫，借酒銷愁愁更愁。下片寫西風緊，梧桐葉落，月亮朦朧，而詞人的好夢總是被驚醒。全詞筆法輕巧，言簡意遠，高度概括出詞人對人生深切的感慨。

註釋

1. 離亭：古代送別之所。
2. 朧明：月亮的朦朧之光。
3. 頻：不斷。

經典名句

梧桐昨夜西風急，
淡月朧明，好夢頻驚。

　　西風颯颯，桐葉蕭蕭，窗外月光淡淡，朦朦朧朧，美夢總是被驚醒。

晏 殊　**踏莎行**

掃碼聆聽粵語朗讀

小徑紅稀[1]，芳郊綠遍[2]。高台樹色陰陰見。
春風不解禁楊花[3]，濛濛亂撲行人面。

翠葉藏鶯，朱簾隔燕。爐香靜逐遊絲轉。
一場愁夢酒醒時，斜陽卻照深深院。

賞析

踏莎（suō）行，詞牌名，為北宋名相寇準首創。內容多借春日之景，抒寫個人愁思。全詞從"小徑"、"芳郊"、"高台"、寫到"朱簾"、"深院"，用移步換景法描繪了一幅暮春時節"紅稀""綠遍"的景象，萬花凋謝，綠樹成蔭，從"稀"到"遍"再到"見"，一步步寫出春末夏初景物的變化進程，並以楊花"撲人面"的細節，把暮春景物寫得極富人情味，最後落筆到酒醉中愁夢一場，夢醒後憂思仍在，而斜陽卻默然無語，靜靜地照着深深的庭院。

註釋

1. 紅稀：花兒因凋零而變得稀疏。

2. 綠遍：綠色一片。

3. 春風不解禁楊花：春風不懂得約束楊花，讓它漫天飛舞，亂撲行人之面。

經典名句

一場愁夢酒醒時，
斜陽卻照深深院。

　　醉酒之後愁夢一場，夢醒後憂思仍在，而斜陽卻依然默然無語，靜靜地照着深深的庭院。

宋祁　**玉樓春**

掃碼聆聽粵語朗讀

東城漸覺風光好，縠[1]皺波紋迎客棹[2]。
綠楊煙外曉寒輕，紅杏枝頭春意鬧[3]。

浮生長恨歡娛少，肯愛千金輕一笑？
為君持酒勸斜陽，且向花間留晚照。

賞析

玉樓春又名木蘭花、西湖曲。此詞描寫春日風光美景，歌詠春天，表達珍惜青春和熱愛生活的感情。詞中"紅杏"一句最受世人喜愛，"鬧"字不僅寫出紅杏的眾多和紛繁，而且渲染了一派生機勃勃的美好景象，王國維在《人間詞話》中評價道："著一'鬧'字而境界全出。"作者時任尚書之職，故被稱為"紅杏尚書"。

註釋

1. 縠（hú 胡，粵 huk⁶ 酷）：用細紗織成的皺狀絲織品，此處比喻水的波紋。

2. 棹（zhào 照，粵 zaau⁶ 驟）：本義是長的船槳，泛指船槳，此處代指船。

3. 鬧：熱鬧，濃盛。

經典名句

綠楊煙外曉寒輕，
紅杏枝頭春意鬧。

　　綠楊如煙的春天，早晨的寒意漸漸退去，天氣越來越暖和，杏花盛開，粉紅一片，似乎所有的春意都集中於此，枝頭熱鬧非凡。

張昇　**離亭燕**

掃碼聆聽粵語朗讀

一帶江山如畫，風物向秋瀟灑。

水浸碧天何處斷？霽色冷光相射。

蓼[1]嶼荻[2]花洲[3]，掩映竹籬茅舍。

雲際客帆高掛，煙外酒旗低亞。

多少六朝興廢事，盡入漁樵[4]閒話。

悵望倚層樓，寒日無言西下。

賞析

離亭燕，詞牌名，亦稱"離亭宴"。張昇（biàn），韓城（今陝西）人，《全宋詞》錄其詞二首。

此詞是一首寫金陵秋景兼懷古的詞。上片寫景，突出金陵"江山如畫"：秋天風物本蕭殺，而在金陵卻"瀟灑"；水浸天，天接水，看不到盡頭；晴空的暖色與江水的冷色交織，蓼嶼、荻洲、竹籬茅舍，與下片的客帆、酒旗，相互映襯，風景如畫，好不瀟灑！下片"雲際客帆"兩句，由寫景轉入寫眼前事，接着點明主題"懷古"，通過懷古，寄託對六朝興亡之事的無限感慨。

註釋

1. 蓼（liǎo，粵 liu[5] 了）：一年生草本植物，全草可入藥。

2. 荻（dí 笛，粵 dik[6] 滴）：多年生草本植物，生在水邊，葉子長形，似蘆葦，秋天開紫花，莖可以編蓆箔。

3. 洲、嶼：蓼、荻滋生之地。

4. 漁樵：打漁砍柴的人，這裏指普通人。

經典名句

多少六朝興廢事，
盡入漁樵閒話。

　金陵這六朝古都經歷了多少興亡更替的歷史事件，而如今，這一切皆成為漁樵之人閒聊的話題。

張
昇

歐陽修　浪淘沙

掃碼聆聽粵語朗讀

把酒祝東風，且共從容[1]。垂楊紫陌[2]洛城東。
總是當時攜手處，遊遍芳叢。

聚散苦匆匆，此恨無窮。今年花勝去年紅。
可惜明年花更好，知與誰同？

賞析

浪淘沙，又名"浪淘沙令"、"賣花聲"等。歐陽修為北宋文壇領袖，"唐宋八大家之一"。明道元年（1032）春，歐陽修與友人梅堯臣於洛陽城東舊地重遊，有感而發，作此詞，傷時惜別，抒發人生聚散無常的感慨。詞中"今年花勝"兩句，以花開鮮豔繁盛反襯與朋友離別的感傷心情，以樂景寫哀情，倍增其哀樂矣。

註釋

1. 從容：舒緩，不急迫。
2. 紫陌：指京城郊外的道路。

經典名句

今年花勝去年紅。
可惜明年花更好，知與誰同？

　　今年的花比去年開得更紅豔，明年這花還將比今年開得更加繁盛，只可惜，自己又將和友人分別，明年此時，不知能同誰再來共賞此花？

歐陽修　踏莎行

掃碼聆聽粵語朗讀

候館[1]梅殘，溪橋柳細，草薰風暖搖征轡。
離愁漸遠漸無窮，迢迢[2]不斷如春水。

寸寸柔腸，盈盈[3]粉淚，樓高莫近危闌[4]倚。
平蕪[5]盡處是春山，行人更在春山外。

賞析

此詞牌所詠，於暮春時節，莎草離披，踐踏尋芳，寫景抒情。詞的上下片分別從兩處場景、兩個角度，寫出了兩種離別相思之苦，構思精巧。

上片實寫，從候館、溪橋、征途三個地點寫征人的離別之愁，行程愈遠，離愁愈無窮，如綿延不絕的春水，"柳"字諧音，有送別、留念之意。下片虛寫，居守在家的女子因丈夫的離去而柔腸寸斷，淚水盈眶，憑倚高高的欄杆，極目遠送，只見青草綠地的盡頭仍舊是春山，行人已到春山外。一虛一實，虛實之中皆以濃情澆灌，離愁與詞境俱漸深漸遠。全詞風格溫厚和平，與歐陽修作為北宋一代儒宗的身份十分契合。

註釋

1. 候館：迎賓候客之館舍，即旅社。
2. 迢迢（tiáo，粵 tiu[4] 條）：形容遙遠而綿長。
3. 盈盈：淚水充溢貌。
4. 危闌：高高的欄杆。
5. 平蕪：平坦開闊的草地。

經典名句

平蕪盡處是春山，
行人更在春山外。

　　遼闊無垠的草地盡頭，仍舊是橫亙綿延的春山，我所懷念的人兒啊卻已在千山萬水之外了。

歐陽修　生查子

掃碼聆聽粵語朗讀

去年元夜¹時，花市²燈如畫。
月上柳梢頭，人約黃昏後。

今年元夜時，月與燈依舊。
不見去年人，淚滿春衫袖。

賞析

生查（zhā）子，又名楚雲深、相和柳等。自唐代起，就有元宵夜張燈、觀燈的習俗，至宋而風氣益盛。此詞語言平常如話，通俗流暢，是歐陽修膾炙人口的名篇之一。全詞運用對比、襯托的藝術手法，把今年的孤獨、失落與痛苦之情置於去年 "人約黃昏後" 那個其樂融融的背景之下，而今年花市燈火輝煌依舊，月色如舊，只是去年黃昏柳梢下相約的人兒不見了蹤影，思念的淚水濕潤了春衫袖啊，從而突出相思之苦。

註釋

1. 元夜：正月十五為元宵節。夜稱為元夜、元夕。
2. 花市：繁華的街市。

經典名句

月上柳梢頭，人約黃昏後。

　　在月上柳梢頭之時，黃昏之後，佳人相約一起去觀燈。

歐陽修　# 玉樓春

掃碼聆聽粵語朗讀

尊[1]前擬把歸期説，欲語春容[2]先慘咽。
人生自是有情癡，此恨不關風與月。

離歌且莫翻新闋，一曲能教腸寸結。
直須看盡洛城花，始共春風容易別。

歐陽修

賞析

這首詞寫於作者西京留守推官任滿，離別洛陽之際，宴席上和親友話別，內心無限淒涼。

上片寫詞人正想要説出歸期，可一開口竟是春容淒慘、無語凝咽，於是直抒胸臆，説人生來就是有情癡者，此情不關風與月。下片寫離歌一曲已足以令今人柔腸寸斷。結尾處筆鋒一轉，詞氣豪宕，擺脱先前的淒涼別離之情，轉而寫要看盡洛陽城的花再走，莫錯過看花好時機，春風歸去，花兒便不再有。王國維評價此詞"於豪放之中有沉着之致，所以尤高。"

註釋

1. 尊：同樽，酒杯，此處指宴席。
2. 春容：美麗的容顏。

經典名句

人生自是有情癡，
此恨不關風與月。

　離情別恨是人與生俱來的情感，此情與風花雪月無關。

蝶戀花

庭院深深深幾許[1]？楊柳堆煙[2]，簾幕無重數。
玉勒雕鞍[3]遊冶處[4]，樓高不見章台[5]路。

雨橫風狂三月暮，門掩黃昏，無計留春住。
淚眼問花花不語，亂紅[6]飛過鞦韆去。

賞析

蝶戀花，詞牌名，內容多寫纏綿悱惻之情緒。此詞以生動的形象、清淺的語言、委婉含蓄而又深沉細膩地表現了閨中思婦期盼意中人歸來的複雜情緒，是閨怨詞中的名作。

上片"庭院深深"、"楊柳含堆"、"簾幕無重"寫出了閨中女子壓抑、陰鬱的生活環境；"玉勒雕鞍"借指意中男子，他去了遊冶處，尋歡作樂，家中思婦卻登上高樓怎麼也看不見章台路在何處，暗示男子之無情，而女子之多情若此，怨從中來。下片寫春景，思婦之傷春，其實是傷己：三月暮春天氣，雨驟風狂，到黃昏，孤獨中只想和春住，可是卻又無法留住春歸的腳步；淚眼去問花，可花卻不理不睬不言語，無情地飛過鞦韆去。至此，思婦之閨怨已到極至。

註釋

1. 幾許：多少。
2. 堆煙：形容楊柳濃密。
3. 玉勒雕鞍：玉製的馬銜、精雕的馬鞍。
4. 遊冶處：指歌樓妓院。
5. 章台：漢長安章台街，後世藉以指遊冶之處。
6. 亂紅：落花。

經典名句

淚眼問花花不語，
亂紅飛過鞦韆去。

　含着眼淚問花，可花不言語，落花紛紛飛過鞦韆去。

王安石 桂枝香

登臨送目。正故國[1]晚秋，天氣初肅。千里澄江似練[2]，
翠峰如簇。征帆去棹殘陽裏，背西風、酒旗斜矗。
彩舟雲淡，星河鷺起[3]，畫圖難足。

念往昔、繁華競逐。歎門外樓頭，悲恨相續。
千古憑高對此，謾嗟榮辱。六朝舊事隨流水，
但寒煙衰草凝綠。至今商女[4]，時時猶唱，後庭遺曲。

賞析

桂枝香，詞牌名。全詞意境開闊，把壯麗之景與歷史內容融合在一起，在藝術風格上"一掃五代舊習"，擺脫纖細、綺靡的詞風；在氣度上，一反謾嗟榮辱的悲歎，站得高，看得遠，隱喻現實，寄興深遠，故被稱為金陵懷古詞的絕唱。

上片寫景，運用"澄江""翠峰""征帆""彩舟""鷺起"等意象構成一幅壯麗的金陵晚秋圖；下片懷古，揭露了六朝統治者"繁花競逐"的奢侈生活。結尾"至今商女，時時猶唱，後庭遺曲"則是對當朝統治者的警醒之語。

註釋

1. 故國：舊時的都城，指金陵。

2. 練：白色的絹。

3. 星河鷺（lù，粵 lou[6] 路）起：白鷺從水中沙洲上飛起。星河，指長江。

4. 商女：歌女。《後庭》遺曲：指歌曲《玉樹後庭花》，傳為陳後主所作。

經典名句

六朝舊事隨流水，
但寒煙衰草凝綠。

六朝的歷史風雲如流水一般消逝遠去了，只有那郊外的寒冷煙霧和衰萎的野草還凝聚着一片蒼綠。

晏幾道　臨江仙

掃碼聆聽粵語朗讀

夢後樓台高鎖，酒醒簾幕低垂。去年春恨卻來時。
落花人獨立，微雨燕雙飛。

記得小蘋[1]初見，兩重心字羅衣[2]。琵琶弦上説相思。
當時明月在，曾照彩雲歸。

賞析

臨江仙，詞牌名，其曲調和婉清雅。晏幾道，晏殊第七子，文學與其父齊名，世稱"二晏"。此詞是一篇感舊懷人之作，抒發了對歌女小蘋的懷念之情。

上片寫春恨，描繪酒醒落花微雨的情景；下片寫相思，回憶"初見"、"當時"的情景，表達詞人深深的相思之苦和此時的孤寂情緒。

註釋

1. 小蘋：歌女的名字。
2. 兩重心字羅衣：繡着雙重"心"字的衣服。暗示兩人一見鍾情，日後心心相印。

經典名句

落花人獨立，微雨燕雙飛。

　　孤獨地佇立於庭中，任花瓣飄零，落英繽紛，又看見燕子雙雙，在濛濛細雨裏輕快地飛去飛來。

晏 幾 道　鷓鴣[1] 天

掃碼聆聽粵語朗讀

彩袖[2] 殷勤捧玉鍾[3]，當年拚卻[4]醉顏紅。
舞低楊柳樓心月，歌盡桃花扇影風。

從別後，憶相逢，幾回魂夢與君同？
今宵剩[5]把銀釭[6]照，猶恐相逢是夢中。

晏
幾
道

賞析

鷓鴣天，詞牌名，又名"思佳客"，詞牌內容多寫婉轉淒惻之情。此詞寫詞人與一個女子的久別重逢，上片利用"彩袖"、"玉鍾"、"醉顏紅"、"楊柳"、"桃花扇"這些帶有色彩的字眼，描摹當年初次相逢時的情景，如夢如幻，眼前一現，片刻化為烏有；下片先寫久別後苦苦相思，接着寫不期而遇的驚喜，似夢卻真，和諧的音韻配合，宛如一首樂曲，讓聽者也彷彿進入了夢想的境界。

註釋

1. 鷓鴣：一種鳥，生長在南方，喜歡溫暖。唐代詩人曾把鷓鴣的叫聲形容為"行不得也哥哥"，此鳥便與人的淒婉之情聯繫在一起。
2. 彩袖：借指歌女。
3. 玉鍾：即玉盅，酒杯。
4. 拚（pàn 盼，粵 pun³ 判）卻：甘願。
5. 剩：儘量，力求達到最大限度。
6. 釭（gāng，粵 gong¹ 缸）：燈

經典名句

今宵剩把銀釭照，
猶恐相逢是夢中。

　　今夜再度與你相逢，只管把銀燈照亮了，你我相逢了，卻擔心是在夢境中。

王 觀　卜算子

送鮑浩然[1] 之浙東。

水是眼波橫，山是眉峰聚。
欲問行人去那邊？眉眼盈盈[2]處。

才始送春歸，又送君歸去。
若到江南趕上春，千萬和春住。

賞析

卜算子，詞牌名，又名百尺樓、眉峰碧等。這是王觀送友人鮑浩然去浙東時寫下的一首情真意切、構思新巧的送別詞。

上片寫友人一路山水行程，用春水比喻姑娘的眼波，用山峰比喻緊蹙的眉峰，運用移情手法，化無情為有情，使原本不懂感情的山水成為送別者的眉峰和眼波，為友人的離去而動容，含蓄地表達了依依惜別的深情；下片直抒胸臆，兼寫離愁別緒及對友人的衷心祝願。

註釋

1. 鮑浩然：作者好友，生平事蹟無從查考。
2. 盈盈：美貌，脈脈含情。比喻山水秀麗的地方，指浙東一帶。

經典名句

水是眼波橫，山是眉峰聚。

　　江南的春水，是姑娘橫流的眼波；
　　江南的青山，是姑娘緊蹙的眉峰。

蘇軾　浣溪沙

掃碼聆聽粵語朗讀

元豐七年十二月二十四日，從泗州劉倩叔遊南山[1]。

細雨斜風作曉寒，淡煙疏柳媚晴灘。
入淮清洛[2]漸漫漫。

雪沫乳花浮午盞，蓼茸[3]蒿筍試春盤[4]。
人間有味是清歡。

賞析

此詞寫於神宗元豐七年（1084），蘇軾赴汝州（今河南汝縣）任團練使途中，經過泗州（今安徽泗縣），與泗州劉倩叔同遊南山時所作。

詞的上片寫遊南山途中景觀，描繪了一幅早春景象圖：細雨斜風，吹打在臉上，給人一絲絲的寒意；稀疏的楊柳如淡淡的輕煙，與晴灘相映成趣。下片寫作者與同遊者遊山時以清茶野餐的風味。全詞充滿了春天的氣息，洋溢着生命的活力，表現出作者對現實生活的熱愛之情，以及閒適優雅的審美趣味，給人以美的享受和無盡的遐思。

註釋

1. 南山：在泗州附近，淮河南岸。
2. 洛：安徽洛河。
3. 蓼茸：蓼菜嫩芽。
4. 春盤：舊俗立春日饋贈親友，以蔬菜水果、糕餅等裝盤，謂“春盤”。

經典名句

人間有味是清歡。

　　平平淡淡才是真，人間真正美好的滋味就是這樣一份清新淡雅與平平常常的快樂。

蘇軾　水龍吟

掃碼聆聽粵語朗讀

次韻[1]章質夫[2]楊花詞。

似花還似非花，也無人惜從教[3]墜。拋家傍路，
思量卻是，無情有思[4]。縈損柔腸，困酣嬌眼，
欲開還閉。夢隨風萬里，尋郎去處，又還被、鶯呼起。

不恨此花飛盡，恨西園、落紅難綴。曉來雨過，
遺蹤何在？一池萍碎。春色三分，二分塵土，
一分流水。細看來，不是楊花，點點是離人淚。

賞析

水龍吟，詞牌名，又名龍吟曲、莊椿歲、小樓連苑。蘇軾，字子瞻，自號東坡居士，工詩擅詞，散文冠絕一時，北宋詞壇"豪放詞"代表，"唐宋八大家"之一。

此詞寫於元豐三年，蘇軾因烏台詩案被貶黃州之時，乃按照章質夫的原作之韻且按先後次序來寫的和詞。全詞運用擬人手法，把楊花比作一個風飄萬里、夢尋情郎的多情女子，又把楊花飄落與傷春之情交織起來，寫春雨過後，楊花一夜飛盡，化作"一池萍碎"；又將"春色"三分、二分"塵土"、一分"流水"與春花融為一爐，結尾處把楊花比作點點離人淚，表達思婦傷春離別之情。全詞構思巧妙，刻畫細緻，藉詠楊花寫思婦，體現了蘇詞婉約纏綿的風格。後人評價它："幽怨纏綿，直是言情，非復詠物"（沈謙語），"詠物之詞，自以東坡《水龍吟》為最工"（王國維語）。

註釋

1. 次韻，又稱步韻，是和（hè）韻的一種。
2. 章質夫：作者好友。福建浦城人，歷官吏部郎中、同知樞密院事。
3. 從教：任憑、不管。
4. 無情有思：看似無情，卻有意思。"思"與柳絲之"絲"同音雙關。此化用杜甫《白絲行》"落絮遊絲亦有情"句意。

經典名句

細看來，不是楊花，
點點是離人淚。

　　細細看來，漫天飛舞的不是楊花，而是離人依依惜別的眼淚。

蘇 軾　水調歌頭

掃碼聆聽粵語朗讀

丙辰中秋，歡飲達旦，大醉，作此篇。兼懷子由[1]。

明月幾時有？把[2]酒問青天。不知天上宮闕，
今夕是何年。我欲乘風歸去，又恐瓊樓玉宇，
高處不勝[3]寒。起舞弄清影，何似在人間！

轉朱閣，低綺戶，照無眠。不應有恨，
何事[4]長向別時圓？人有悲歡離合，月有陰晴圓缺，
此事古難全。但願人長久，千里共嬋娟[5]。

賞析

水調歌頭，詞牌名，又名元會曲、凱歌。此詞作於宋神宗熙寧九年（1076）的中秋節，當時蘇軾正任密州知府。在此之前，蘇軾與當權的變法者王安石等人政見不同，自求外放，輾轉各地做官，與弟弟蘇轍已有五年未得團聚。中秋之夜，蘇軾飲酒大醉之後，懷念起自己的弟弟，便寫下這首詞，表達同胞之間深深的手足之情。

註釋

1. 子由：蘇軾的弟弟蘇轍，字子由。
2. 把：拿着。
3. 不勝：經受不住。
4. 何事：為何。
5. 嬋娟：美好的樣子，這裏指美麗的月光。

經典名句

但願人長久，千里共嬋娟。

衷心祝願互相思念的人兒能夠天長地久，即使相隔千里，也能通過月光來傳遞彼此的思念。

蘇軾

蘇軾 **念奴嬌** 赤壁懷古

掃碼聆聽粵語朗讀

大江東去，浪淘盡、千古風流人物。故壘[1]西邊，
人道是、三國周郎[2]赤壁。亂石穿空[3]，驚濤拍岸，
捲起千堆雪。江山如畫，一時多少豪傑！

遙想公瑾當年，小喬初嫁了，雄姿英發。羽扇綸巾[4]，
談笑間、檣櫓灰飛煙滅。故國[5]神遊，多情應笑我、
早生華髮。人生如夢，一尊[6]還酹[7]江月。

賞析

念奴嬌，詞牌名，又名大江東去、酹江月等。內容大多抒寫豪邁感情，氣勢雄壯。此詞是東坡豪放詞的代表作，寫於神宗元豐五年（1082）七月，是蘇軾貶居黃州時遊黃州城外的赤壁磯時所作。

全詞以波瀾壯闊滾滾東流的長江為背景，將如畫的江山與千古的豪傑結合起來，寥寥數語，三國英雄周瑜的形象便如在目前。作者借古抒懷，將寫景、詠史、抒情融為一體，藉詠史抒發自己的感慨。上片寫景，感情豪邁；下片詠史，藉寫年輕周瑜的雄姿英發，戰場上指揮若定的事蹟，抒發自己年過半百仍覺功業未成的感慨。此詞對於一度盛行纏綿悱惻之風的北宋詞壇，具有振聾發聵的作用。

註釋

1. 故壘：黃州古老的城堡，推測可能是古戰場的陳跡。過去遺留下來的營壘。

2. 周郎：周瑜，字公瑾，為吳建威中郎將，時年 24 歲，吳中皆呼為"周郎"。

3. 穿空：插入天空，又作"崩雲"。

4. 羽扇綸（guān 官，粵 gwaan[1] 關）巾：手搖羽扇，頭戴綸巾。這是古代儒將的裝束。綸巾，古代配有青絲帶的頭巾。

5. 故國：這裏指舊地，當年的赤壁戰場。指古戰場。

6. 尊：通"樽"，酒杯。

7. 酹（lèi 類，粵 laai[6] 賴）：以酒澆在地上祭奠。這裏指灑酒酬月，寄託自己的感情。

經典名句

大江東去，浪淘盡、
千古風流人物。

　滾滾長江，波濤洶湧，向東奔流而去，千百年來，所有才華橫溢的英雄豪傑，都被這滾滾波浪沖洗掉了。

蘇軾

蘇 軾　**臨江仙** _{送錢穆父}

掃碼聆聽粵語朗讀

一別都門三改火[1]，天涯踏盡紅塵。依然一笑作春溫。
無波真古井，有節是秋筠[2]。

惆悵孤帆連夜發，送行淡月微雲。尊前不用翠眉顰。
人生如逆旅[3]，我亦是行人。

賞析

臨江仙，詞牌名，又名謝新恩、庭院深深等。這首詞是宋哲宗元祐六年（1091）春蘇軾知杭州時，為送別老友錢勰（字穆父）而作。全詞一改以往送別詩詞纏綿感傷、哀怨愁苦或慷慨悲涼的格調，創新意於法度之中，寄妙理於豪放之外，議論風生，直抒性情，寫得既有情韻，又富理趣，體現了蘇軾曠達灑脫的個性風貌。詞人與老友相見時的"一笑作春溫"與分手時的淒清幽冷的氛圍，寫得深沉細膩，動人心弦。結尾兩句化用李白《春夜宴從弟桃花園序》"夫天地者，萬物之逆旅也，光陰者，百代之過客也"的句子，以對友人的安慰勸勉和開釋胸懷收束全詞，既動之以情，又表現出超然物外、隨遇而安的曠達與灑脫的情懷。

註釋

1. 三改火：過了三年。古代鑽木取火，四季所用取火的樹木不同，所以用"改火"說明時節改變。
2. 秋筠：秋天的竹子。
3. 逆旅：客舍，旅館。

經典名句

人生如逆旅，我亦是行人。

　既然人人都是天地間匆匆的過客，又何必計較眼前聚散和江南江北呢？

蘇軾 # 定風波

掃碼聆聽粵語朗讀

三月七日，沙湖道中遇雨。雨具先去，同行皆狼狽，余獨不覺。已而遂晴，故作此。

莫聽穿林打葉聲，何妨吟嘯且徐行。

竹杖芒鞋[1]輕勝馬，誰怕？一蓑煙雨任平生。

料峭春風吹酒醒，微冷，山頭斜照卻相迎。

回首向來蕭瑟[2]處，歸去，也無風雨也無晴。

賞析

定風波，又名卷春空、醉瓊枝。此詞通過野外途中偶遇風雨這一生活中的小事，表現出曠達超脱的胸襟，寄寓着超凡超俗的人生理想。首句"莫聽穿林打葉聲"，既渲染出雨驟風狂的情境，以"莫聽"二字點明外物不足縈懷之意。"何妨"二字透出一點俏皮，更增加挑戰色彩。首兩句為全篇樞紐，以下詞情皆由此生發。"竹杖芒鞋輕勝馬，誰怕？一蓑煙雨任平生"，得意之時不忘其形，失意之時不失其志，既能享受榮耀，又能甘於平淡，何等的超脱與曠達！結尾"回首向來蕭瑟處，歸去，也無風雨也無晴"句，是飽含人生哲理意味的點睛之筆；"風雨"二字，一語雙關，既指野外途中所遇風雨，又暗指幾乎致他於死地的政治"風雨"和人生險途。可謂於簡樸中見深意，於尋常處生奇警。

註釋

1. 芒鞋：草鞋。
2. 蕭瑟：風狂雨驟之情景。

經典名句

回首向來蕭瑟處，歸去，
也無風雨也無晴。

　　回首遙望剛才走過的風蕭蕭兮雨水寒處，回去吧，那些風雨陰晴都已經無所畏懼了。

蘇軾　**卜算子**

掃碼聆聽粵語朗讀

黃州定慧院寓居作。

缺月掛疏桐，漏¹斷人初靜。
誰見幽人²獨往來？縹緲孤鴻影。

驚起卻回頭，有恨無人省³。
揀盡寒枝不肯棲，寂寞沙洲冷。

賞析

此詞為神宗元豐五年（1082）十二月蘇軾初貶黃州寓居定慧院時所作。詞人運用象徵手法，通過對鴻的孤獨縹緲、驚起回頭、懷抱幽恨和選求宿處等細節描寫，表達自己貶謫黃州時期的孤寂處境和不願隨波逐流的心境。

上片"缺月掛疏桐"兩句營造了夜深人靜時的孤寂氛圍，為"幽人"即孤鴻的出場作鋪墊；下片寫驚魂未定的孤鴻，縱有滿腹淒涼無人知曉，也不會輕易擇枝而居。黃庭堅評價這首詞："語意高妙，似非吃煙火食人語，非胸中有萬卷書，筆下無一點塵俗氣，孰能至此！"

註釋

1. 漏：指古人計時用的漏壺；漏斷，即指深夜。
2. 幽人：幽居之士。此處指蘇軾自己。
3. 省（xǐng，粵 sing² 醒）：明白，知曉。

經典名句

揀盡寒枝不肯棲，寂寞沙洲冷。
　　孤鴻揀盡寒枝不肯棲息，只好露宿於寂寞荒冷的沙洲。

蘇軾　# 江城子

掃碼聆聽粵語朗讀

老夫聊發少年狂，左牽黃，右擎蒼[1]。錦帽貂裘，
千騎[2]捲平岡。為報傾城隨太守，親射虎，看孫郎[3]。

酒酣胸膽尚開張，鬢微霜，又何妨。持節雲中[4]，
何日遣馮唐[5]？會[6]挽雕弓如滿月，西北望，射天狼[7]。

蘇軾

賞析

江城子，又名江神子，詞牌名。此詞上片描寫出獵時的壯觀場面，下片卒章顯志，表達建功立業、報效朝廷的願望，一個"狂"字貫穿全篇，盡顯豪邁氣概。蘇軾外任或謫居時期常常以"疏狂"、"狂"、"老狂"自況，作者時年四十歲，自稱"老夫"，此中滋味，值得體會。蘇軾在此詞寫就後數日給他的朋友鮮于子駿的信中說："近卻頗作小詞，雖無柳七郎風味，亦自是一家，呵呵。數日前獵於郊外，所獲頗多。作得一闋，令東州壯士抵掌頓足而歌之，吹笛擊鼓以為節，頗壯觀也！"

註釋

1. 擎（qíng 晴，粵 king[4] 鯨）蒼：擎，舉。蒼，蒼鷹。

2. 千騎（jì，粵 gei[6] 技）：形容隨從人員很多。騎，一人一馬為一騎。

3. 孫郎：即孫權。孫權曾親乘馬射虎示勇。郎，古代少年男子的美稱。

4. 雲中：今山西大同一帶。

5. 馮唐：漢代人。漢文帝時，雲中守魏尚獲罪被削職，馮唐勸諫，文帝聽了他的話，命他持節去赦魏尚的罪並復其官職。

6. 會：應當是。

7. 天狼：星座名，象徵侵略。這裏指西北與宋朝為敵的西夏。

經典名句

會挽雕弓如滿月，
西北望，射天狼。

　　要把弓拉足，像滿月一樣圓，我也能拉開雕弓圓如滿月，隨時警惕地注視着西北方，勇敢地將利箭射向入侵之敵。

蘇軾 **江城子**

掃碼聆聽粵語朗讀

乙卯正月二十日夜記夢。

十年生死兩茫茫。不思量，自難忘。千里孤墳，
無處話淒涼。縱使相逢應不識，塵滿面，鬢如霜。

夜來幽夢忽還鄉。小軒窗，正梳妝。相顧無言，惟有
淚千行。料得年年腸斷處，明月夜，短松岡[1]。

賞析

這首詞作於蘇軾知密州時，是詞人悼念亡妻之作。作者十九歲與同郡的王弗結婚後離開蜀地出任仕途，夫妻恩愛，相敬如賓，誰料十年後妻子王弗亡故，葬於家鄉四川的祖塋，從此生死兩地，陰陽相隔。此後，蘇軾歷經宦海浮沉，南奔北走，心情蒼老而有些無奈。"十年生死兩茫茫，不思量，自難忘"，樸素的文字，淒美的語言，表達了一個丈夫對亡妻無法排遣的思念；"塵滿面，鬢如霜"寫出了殘酷現實打擊下的詞人已面目蒼老，內心苦不堪言。

上片直抒胸臆，訴說悲情，淒切感人；下片五句記錄自己的夢境，虛實結合，既寫出夢裏"相顧無言，惟有淚千行"的纏綿，也寫出了現實中的"年年斷腸處，明月夜，短松岡"的淒涼。

註釋

1. 短松岡：指王弗的墓地。

經典名句

十年生死兩茫茫。
不思量，自難忘。

　　十年了，生死兩別離，陰陽兩茫茫。
不需刻意追思懷想，卻從不曾忘記。

蘇軾 **蝶戀花**

掃碼聆聽粵語朗讀

花褪殘紅青杏小。燕子飛時，綠水人家繞。
枝上柳綿[1]吹又少，天涯何處無芳草。

牆裏鞦韆牆外道。牆外行人，牆裏佳人笑。
笑漸不聞聲漸悄[2]，多情[3]卻被無情[4]惱。

蘇
軾

賞析

這是蘇軾豪放曠達詞風之外的一首清新婉麗之作。在一派暮春景色中，作者藉牆裏與
牆外、佳人與行人，一個無情一個多情，一個歡笑一個煩惱的情與景，寄寓了自己傷
春惜時的憂憤，也蘊含了他對現實與理想之間充滿矛盾的人生悖論的思考。一個"又"
字，表明詞人看絮飛花落，不止一次，傷春之感，惜春之情，見於言外。同樣是寫女
性，蘇東坡一洗"花間派"的"綺怨"之風，情景生動而不流於豔俗，感情直率而不落
於輕浮，乃為此詞的傑出之處。清人王士禎在《花草蒙拾》評價道："'枝上柳綿'，恐
屯田（柳永）緣情綺靡，未必能過。"

註釋

1. 柳綿：柳絮。

2. 悄：消失。

3. 多情：指牆外行人。

4. 無情：指牆裏佳人。

經典名句

枝上柳綿吹又少，
天涯何處無芳草。

　　枝頭的柳絮在春風吹拂下越來越少，
天涯處處是芳草，何必情繫一處而不知
開脫呢？

李之儀 卜算子

掃碼聆聽粵語朗讀

我住長江頭[1]，君住長江尾[2]。
日日思君不見君，共飲長江水。

此水幾時休，此恨何時已？
只願君心似我心[3]，定[4]不負相思意。

賞析

李之儀擅作小令，長於淡語、景語、情語，主張寫詞應像晏殊、歐陽修那樣"語盡而意不盡，意盡而情不盡"。這首《卜算子》深得民歌情味，雖明白如話，卻具有文人詞構思新巧的特點。詞以女子口吻，以長江為寄情主體，把綿延不絕的長江之水比作纏綿悱惻的相思之意，形象生動。

上片言相隔之遙與相思之沉，"共飲長江水"句以脈脈江水暗示兩情可通，極有韻味；下片"此水"二句化用古樂府《上邪》詩意，表現女主人公堅定不移的執着，末二句翻用顧夐《訴衷情》詞意，寫出她對愛情的期望。

註釋

1. 長江頭：指長江上游。
2. 長江尾：指長江下游。
3. "只願"句：顧夐《訴衷情》詞："換我心，為你心，始知相憶深。"此處化用其意。
4. 定：詞中的襯字。在詞規定的字數外適當地增添一二不太關鍵的字詞，以更好地表情達意，謂之襯字，亦稱"添聲"。

經典名句

日日思君不見君，共飲長江水。

天天思念你啊，卻總是看不見你，我們就共飲長江的一江水吧。

黃庭堅　**清平樂**

掃碼聆聽粵語朗讀

春歸何處？寂寞無行路。
若有人知春去處，喚取歸來同住。

春無蹤跡誰知？除非問取黃鸝。
百囀[1]無人能解，因風飛過薔薇。

賞析

清平樂，詞牌名。黃庭堅，字魯直，自號山谷道人，洪州分寧（今江西修水）人。仕途坎坷，屢遭貶謫，被流放西南荒僻地區，死在貶所。早年受學於蘇軾，與秦觀、張耒（lěi）、晁補之並稱"蘇門四學士"。詩文成就與蘇軾齊名，並稱"蘇黃"。他主張拾取古人的陳言入詩，號稱"點鐵成金"。

這首詞將春天擬人化，寫自己想要喚春歸來，與之同居共處的願望，表達惜春之感。上下片各以設問開頭，用曲筆渲染，跌宕起伏，饒有變化。先是一轉，希望有人知道春天的去處，喚她回來，與之同住；又是一轉，希望有人知道春天的蹤跡，惟有黃鸝鳥知道，但卻沒有人能夠聽懂牠的百囀之意。一問一答，從希望到失望，情致婉轉，有韻味。

註釋

1. 百囀（zhuàn 賺，粵 zyun^3 鑽）：鳴叫婉轉。

經典名句

春歸何處？寂寞無行路。

　　春天去往哪裏？她的離去使我深感寂寞，卻無處找尋她的行蹤。

秦觀　望海潮

梅英疏淡，冰澌[1]溶泄，東風暗換年華。金谷[2]俊遊，銅駝巷陌[3]，新晴細履平沙。長記誤隨車。正絮翻蝶舞，芳思交加。柳下桃蹊[4]，亂分春色到人家。

西園[5]夜飲鳴笳[6]。有華燈礙月，飛蓋[7]妨花。蘭苑未空，行人漸老，重來是事堪嗟！煙暝酒旗斜。但倚樓極目，時見棲鴉。無奈歸心，暗隨流水到天涯。

賞析

秦觀，字少游，號淮海居士，"蘇門四學士"之一。宋神宗元豐八年（1085）進士，因新舊黨爭，被貶至郴州、雷州等地，至藤州而卒。秦觀生性豪爽，文詞頗得蘇軾賞識曾讚譽他"有屈、宋之才"；王安石亦稱他"有鮑、謝清新之致"。

此詞寫於詞人被貶離京之時。全詞抒寫今昔之慨，由今感昔，又由昔慨今，錯綜交織，而以懷舊為主，不止於追懷過去的遊樂生活，還寓政治失意之感歎於其中。

註釋

1. 冰澌：冰塊，澌，流水。
2. 金谷：金谷園，在洛陽西北，為晉石崇所建別館。此處泛指汴京名園。
3. 銅駝巷陌：古代洛陽宮門南四會道口，有二銅駝夾道相對，後稱銅駝陌。古人詠洛陽，多以金谷、銅駝對舉，此處借指汴京的繁華街道。
4. 桃蹊（xī 希，粵 hai[4] 奚）：桃樹下的小路。
5. 西園：語出曹植《公宴》詩："清夜遊西園，飛蓋相追隨。"此處係用典，借指風景優美的園林。
6. 鳴笳：奏樂。笳，胡笳，古代傳自北方少數民族的一種樂器。
7. 蓋：車頂，此借指車輛。

經典名句

無奈歸心，暗隨流水到天涯。

　　不得不離開汴京，歸去之意無可奈何地湧上心頭，暗自隨着流水一直到天涯。

秦觀　滿庭芳

掃碼聆聽粵語朗讀

山抹微雲，天連衰草，畫角[1]聲斷譙門[2]。
暫停征棹，聊共引離尊。多少蓬萊舊事，
空回首、煙靄紛紛。斜陽外，寒鴉萬點，
流水繞孤村。

銷魂[3]！當此際，香囊暗解，羅帶輕分。
謾贏得青樓，薄倖[4]名存。此去何時見也？
襟袖上、空惹啼痕[5]。傷情處，高城望斷，
燈火已黃昏。

賞析

滿庭芳，詞牌名，又名鎖陽台、瀟湘夜雨等。此詞流傳甚廣，深得蘇軾賞識，蘇軾因此戲稱秦觀為"山抹微雲秦學士"。

上片借助"微雲""衰草""畫角聲斷""征棹""離尊""煙靄""孤村"等景致，借景抒情，襯托別離滋味。"蓬萊"句寫回憶，往事如煙；下片直抒胸臆，"銷魂"二字，起承轉合，道盡別離滋味。"此去何時見也？襟袖上，空惹啼痕"句，與柳永"今宵酒醒何處？楊柳岸，曉風殘月"句，似有異曲同工之妙，其情比柳詞更加纏綿。後人評說秦觀"而詞則情韻兼勝，在蘇黃之上"，評價甚高。

註釋

1. 畫角：古管樂器。以竹木或皮革等製成，表面有彩繪。發聲哀厲高亢，古時軍中多用。
2. 譙（qiáo 喬，粵 ciu⁴ 潮）門：城門樓。
3. 銷魂：魂魄消滅。多以名悲傷愁苦之狀。
4. 薄倖：薄情，負心。
5. 啼痕：淚痕。

經典名句

傷情處，高城望斷，
燈火已黃昏。

　　正是傷心悲情的時候，高城不見了蹤影，萬家燈火已起，天色已到黃昏時分。

秦觀　**鵲橋仙**

掃碼聆聽粵語朗讀

纖雲弄巧[1]，飛星[2]傳恨，銀漢[3]迢迢暗渡。

金風玉露[4]一相逢，便勝卻、人間無數。

柔情似水，佳期如夢，忍顧[5]鵲橋歸路。

兩情若是久長時，又豈在、朝朝暮暮[6]。

賞析

鵲橋仙，詞牌名，又名金風玉露相逢曲、廣寒秋等。此調專詠牛郎織女七夕相會事。

上片寫聚會。"纖雲弄巧"二句為牛郎織女每年一度的聚會渲染氣氛，用墨經濟，筆觸輕盈；"銀漢"句寫牛郎織女渡河赴會推進情節；"金風玉露"二句由敍述轉為議論，表達詞人的愛情理想：二人一旦得以聚會，在那清涼的秋風白露中，他們對訴衷腸，互吐心聲，該多麼富有詩情畫意！下片寫離別。"柔情似水"，形容牛郎織女纏綿此情，猶如天河中的悠悠流水；"佳期如夢"，既點出了聚會的短暫，又真實地表達了久別重逢後那種如夢似幻的心境。"忍顧鵲橋歸路"，寫出了牛郎織女臨別前的依戀與悵惘。結尾"兩情若是"二句獨出機杼，昇華主題，使全詞立意高遠。

註釋

1. 纖雲弄巧：指雲彩在空中幻化成各種巧妙的花樣。
2. 飛星：流星。一說指牽牛、織女二星。
3. 銀漢：銀河。
4. 金風玉露：指秋風白露。
5. 忍顧：怎忍回視。
6. 朝朝暮暮：指朝夕相聚。語出宋玉《高唐賦》。

經典名句

兩情若是久長時，
又豈在朝朝暮暮。

　只要愛情忠貞，兩情長久，至死不渝，又何必貪圖卿卿我我的朝歡暮樂？

秦觀　**踏莎行**

掃碼聆聽粵語朗讀

霧失樓台，月迷津渡[1]，桃源[2]望斷無尋處。
可堪孤館閉春寒，杜鵑聲裏斜陽暮。

驛寄梅花，魚傳尺素，砌成此恨無重數。
郴江幸自繞郴山，為誰流下瀟湘去？

賞析

踏莎行，由寇準首創，直至秦觀的"霧失樓台"一出，才成絕唱。這首詞大約作於紹聖四年（1097）春三月。此前，由於新舊黨爭，秦觀遭到接二連三的貶謫，其心情之悲苦可想而知，形於筆端，詞作也益趨悽愴。此詞作於初抵郴州之時，以委婉曲折的筆法，抒寫了謫居的淒苦與幽怨，成為蜚聲詞壇的千古絕唱。相傳蘇軾尤愛"郴江幸自繞郴山，為誰流下瀟湘去"二句，並題在自己的扇子上。王國維亦在《人間詞話》裏評價道："少游詞境最為淒婉，至'可堪孤館閉春寒，杜鵑聲裏斜陽暮'，則變而為淒厲矣。"

註釋

1. 津渡：渡口。
2. 桃源：位於武陵（今湖南常德）。

經典名句

郴江幸自繞郴山，
為誰流下瀟湘去？

　　那綿延不盡的郴江，原本繞着郴山而行，卻為何偏偏向北流入瀟湘？

賀鑄　青玉案

掃碼聆聽粵語朗讀

凌波[1]不過橫塘[2]路，但目送、芳塵[3]去。
錦瑟華年[4]誰與度？月橋花院，
瑣窗[5]朱戶，只有春知處。

飛雲冉冉蘅皋[6]暮，彩筆新題斷腸句。
若問閒情都幾許？一川煙草，
滿城風絮，梅子黃時雨[7]！

賞析

青玉案，詞牌名，又名橫塘路、西湖路。此詞抒寫了作者退隱橫塘，壯志難酬，故藉美人遲暮，盛年不偶，表達因理想不能實現而鬱鬱不得志的"閒愁"。

上片寫相戀和懷念，抒情主人公等待盼望那位"凌波"仙子直到黃昏，仍不見蹤影。藉"美人"可望而不可及，來比喻理想不能實現，形象生動。下片末尾三句尤為新奇，興中有比，用煙草、風絮、梅雨等三種景物，將不可觸摸的虛的感情，轉化為可見、可體味的實的景，意味深長地表現了"閒愁"之多、亂、纏綿不斷。賀鑄因此詞而得名"賀梅子"。黃庭堅稱說"解作江南斷腸句，只今唯有賀方回"。

註釋

1. 凌波：形容女子走路時步態輕盈，這裏指凌波仙子。
2. 橫塘：在蘇州南十里許。
3. 芳塵：指美人的行蹤。
4. 錦瑟華年：比喻美好的青春時期。
5. 瑣窗：雕刻或彩繪有連環形花紋的窗子。
6. 蘅皋：長着香草的沼澤中的高地。蘅即杜蘅，一種多年生草本植物。
7. 梅子黃時雨：四五月梅子黃熟，期間常陰雨連綿，俗稱"黃梅雨"或"梅雨"。

經典名句

若問閒情都幾許？一川煙草，
滿城風絮，梅子黃時雨！

　　令人憂傷的閒愁有多少？就像原野上籠罩在煙霧中的一片青草，亦像滿城中隨風飄飛的柳絮，更像是江南梅子黃了時節裏那麼無休無止的纏綿不絕的雨滴。

賀鑄　半死桐

掃碼聆聽粵語朗讀

思越人，亦名鷓鴣天。

重過閶門¹萬事非，同來何事不同歸？
梧桐半死²清霜後，頭白鴛鴦失伴飛。

原上草，露初晞³。舊棲新壟⁴兩依依。
空牀臥聽南窗雨，誰復挑燈夜補衣！

賞析

半死桐，詞牌名，又名鷓鴣天、思越人。此詞不以人們常用的"鷓鴣天"而以"半死桐"為詞牌名，直接表明詞的主題。

這首詞為作者悼念亡妻之作，出語沉痛，感情深摯。上片寫妻子亡故之事。為甚麼兩人同來此處，卻不能一同歸去，丟下我一人孤零零？這令我重來蘇州萬事皆非。詞人以"梧桐半死"、"鴛鴦失伴"比喻夫妻生死相隔；下片寫妻亡之後，睹物思人，生死兩依依。用"原上草，露初晞"來比喻人死不能復生。結尾通過"空牀臥聽南窗雨"、無人替自己挑燈補衣的生活細節描寫，表達對亡妻深深的思念之情。

註釋

1. 閶（chāng，粵 coeng¹ 昌）門：本為蘇州西門，這裏代指蘇州。
2. 梧桐半死：比喻喪偶。
3. 晞（xī，粵 hei¹ 希）：曬乾。
4. 新壟：新墳。

經典名句

空牀臥聽南窗雨，
誰復挑燈夜補衣！
　　望着空空的卧牀，聽着窗外的風雨，再無人深夜挑燈，為我補衣！

晁補之 **鹽角兒** 亳社[1]觀梅

掃碼聆聽粵語朗讀

開時似雪，謝時似雪，花中奇絕。
香非在蕊，香非在萼，骨中香徹。

佔溪風，留溪月。堪羞損、山桃如血。
直饒[2]更、疏疏淡淡，終有一般情別。

賞析

鹽角兒，詞牌名。晁補之，"蘇門四學士"之一，工書畫，能詩詞。一心想在政治上有
所作為，結果卻一生潦倒。紹聖元年（1094），知齊州（今山東曆城），因修《神宗實錄》
失實，被貶亳州，此詞寫於此時。詞以"亳社觀梅"為題，寫在亳州社廟裏觀賞梅花，
藉梅花寄託了自己的志趣和情操。

上片寫梅花顏色似雪，香透徹骨，用重句而略更數字，兩聯似對非對，遣詞輕靈生動；
下片以山桃作比，更托出梅花高潔品格。

註釋

1. 亳（bó 伯，粵 bok[6] 薄）社：指亳州
   （今安徽亳縣）祭祀土地神的社廟。
2. 直饒：即使。

經典名句

直饒更、疏疏淡淡，
終有一般情別。

　　這梅花即使比山桃更疏疏淡淡，最
終也有着不一樣的情致和韻味。

周邦彥　滿庭芳

掃碼聆聽粵語朗讀

夏日溧水無想山作。

風老鶯雛，雨肥梅子，午陰嘉樹清圓。地卑山近，
衣潤費爐煙。人靜烏鳶[1]自樂，小橋外、新綠濺濺。
憑闌久，黃蘆苦竹，疑泛九江船。

年年，如社燕，飄流瀚海，來寄修椽。且莫思身外，
長近尊前。憔悴江南倦客，不堪聽、急管繁弦。
歌筵畔，先安簟[2]枕，容我醉時眠。

賞析

周邦彥，北宋末期著名詞人，精通音律，曾創作不少新詞調。作品多寫男女之情、離
愁別恨，內容較為單薄。王國維認為周邦彥是北宋詞的"集大成者"，尊其為"詞中
老杜"。哲宗元祐八年（1093）詞人任溧水縣令，此詞作於此時。無想山在溧水縣南
十八里，山上有無想寺（一名禪寂院）。

上片寫江南初夏景色，風使鶯雛長大，雨使梅子變肥，"烏鳶自樂"、"新綠濺濺"，寫
得極其細膩；下片即景抒情，寫自己宦海飄流，像是江南憔悴倦客，曲折回環，章法
完全從柳詞化出。

註釋

1. 鳶（yuān，粵 jyun¹ 冤）：老鷹。
2. 簟（diàn 店，粵 tim⁵ 恬）：鋪在牀上
   的竹蓆。

經典名句

風老鶯雛，雨肥梅子，
午陰嘉樹清圓。

　　風使雛鶯長大，雨使梅子變肥，時
值中午，陽光照射，樹蔭亭亭，蔥蘢如
幄。

周邦彦 **蘇幕遮**

掃碼聆聽粵語朗讀

燎沉香[1]，消溽暑[2]。鳥雀呼晴，
侵曉[3]窺簷語。葉上初陽乾宿雨[4]，
水面清圓，一一風荷舉。

故鄉遙，何日去？家住吳門[5]，
久作長安[6]旅。五月漁郎相憶否？
小楫輕舟，夢入芙蓉浦。

周邦彥

賞析

此詞由眼前的荷花想到故鄉的荷花，遊子濃濃的思鄉情，寫得巧妙別致。

上片主要描繪荷花姿態。夏日清晨，詞人點燃了沉香以驅散潮濕悶熱的暑氣；鳥雀在窗外歡呼着，慶祝天氣由雨轉晴。這鳥雀會“呼”也愛“窺”，就像頑皮的孩子一般活潑可愛。這幾句描寫為下面寫荷花的美麗作感情上的鋪墊。“葉上初陽”句寫得尤為精彩，王國維評價此句“此真能得荷之神理者”。下片由荷花聯想到故鄉，荷花點燃了詞人的思鄉情。全詞凝聚着濃濃的思鄉情結，寫景寫人寫情寫夢皆語出天然，未加雕飾而風情萬種；詞人苦苦的思鄉之情，寄託於清圓的荷葉下，五月的江南水鄉那漁郎的輕舟上。最終以白日夢結尾，給人留下無限遐想的空間。

註釋

1. 燎沉香：燎，燒。沉香，名貴香料，因放入水中下沉而得名。
2. 溽（rù 入，粵 juk[6] 肉）暑：潮濕悶熱的暑氣。
3. 侵曉：快天亮之時。侵，漸近。
4. 宿雨：隔夜的雨。
5. 吳門：即今江蘇蘇州。
6. 長安：借指北宋的都城汴京。

經典名句

葉上初陽乾宿雨，水面清圓，
一一風荷舉。

初出的陽光曬乾了荷葉上昨夜的雨珠，水面清潤圓正，荷葉迎着晨風，每一片都亭亭玉立在水面上。

周邦彥　蝶戀花　早行

掃碼聆聽粵語朗讀

月皎[1]驚烏棲不定。更漏[2]將殘，轆轤[3]牽金井。
喚起兩眸[4]清炯炯[5]。淚花落枕紅綿冷。

執手霜風吹鬢影。去意徊徨[6]，別語愁難聽。
樓上闌干橫斗柄[7]，露寒人遠雞相應。

賞析

此詞以"早行"為題，把一對情人的離別之愁苦置於早晨這樣一特定時空下，寫得纏綿悱惻。

上片借景抒情，"烏啼"、"殘漏"、"轆轤"，皆為驚夢之聲；情人夢中醒來，卻已淚花落枕，紅綿冷濕，把離別之情寫得委婉含蓄。下片寫別時、別後的情景。"執手"句化用柳永"執手相看淚眼"之意境，寫分別時雙手緊握，深情地看着對方，鬢髮在秋季晨風中微微拂動。"去意徊徨"二句，通過動作描寫，寫出主人公不忍離去的彷徨，幾度要走，卻又幾度轉回來，傾吐離別話語，話語裏滿是離愁。"難聽"並非不好聽，而是令人心碎，難以忍聽。最後兩句寫別後景象，詞人旅途之寂寞，於此可見一斑。

註釋

1. 月皎：月色潔白光明。
2. 更漏：即刻漏，古代記時器。
3. 轆轤（lì lú）：即"轆轤"，井上汲水的工具。
4. 眸：眼珠。
5. 炯炯：明亮的樣子。
6. 徊徨：徘徊、彷惶的意思。
7. 斗柄：北斗七星的第五至第七的三顆星象古代酌酒所用的斗把，叫做斗柄。

經典名句

樓上闌干橫斗柄，
露寒人遠雞相應。

　　人，越走越遠了，眼中只能看見星斗橫斜，天色放亮，襲人的寒露與四起的雞鳴相呼應。

周 邦 彥　玉樓春

掃碼聆聽粵語朗讀

桃溪[1]不作從容住[2]，秋藕絕來無續處。
當時相候赤闌橋，今日獨尋黃葉路。

煙中列岫[3]青無數，雁背夕陽紅欲暮。
人如風後入江雲，情似雨餘黏地絮。

賞析

玉樓春，詞牌名。此詞以一個仙凡戀愛的故事起頭，寫詞人與情人分別之後，舊地重遊而引起的悵惘之情。"桃溪"句，暗示詞人曾有過劉阮入天台式的愛情遇合，但兩人很快就分別了，藕斷絲亦不連。接着，追憶當時相候赤闌橋的情景，而今卻獨自在鋪滿黃葉的小路上尋尋覓覓。下片寫景，以景襯情。在一個晴朗的深秋的傍晚，一片煙靄繚繞中，遠處無數青翠的山巒整齊地排列着；夕陽的餘輝，映照在空中飛雁的背上，反射出一抹就要黯淡下去的紅色。最後"人如風後"兩句，巧用比喻，"上言人不能留，下言情不能已"。整首詞通篇對偶，凝重而流麗，情深而意長。

註釋

1. 桃溪：化用東漢劉晨、阮肇遇仙之典故。傳說二人入天台山採藥，於桃溪邊遇二女子，遂留居半年，及歸家，子孫已歷七世。後重訪天台，不復見二女。
2. 從容住：長久的居住。
3. 岫（xiù 秀，粵 zau⁶ 就）：山巒。

經典名句

人如風後入江雲，
情似雨餘黏地絮。

　　思念的人兒就像風後的江上雲彩，消失之後，杳然不見蹤影；別離之情就像大雨過後黏着地面的柳絮，不能自己。

葉夢得　點絳唇

紹興乙卯登絕頂小亭。

縹緲[1]危亭[2]，笑談獨在千峰上。
與誰同賞，萬里橫煙浪。

老去情懷，猶作天涯想。空惆悵。
少年豪放，莫學衰翁樣。

賞析

葉夢得，出身文人世家。宋高宗紹興五年（1135），作者去任隱居吳興卞山時，登臨卞山絕頂亭有感而發，遂成此篇。宋室南渡八年，未能收復中原大片失地，而朝廷卻一味求和，愛國志士不能為國效力，英雄豪傑也無用武之地。作為南宋主戰派人物之一，作者對此深恨不已。

詞的上片從危亭寫起，它獨在千峰之上，可是金兵南下，國家危在旦夕，誰還有心情來此欣賞？下片主要寫自己年齡雖高，而情懷不變，壯志未衰，仍以天下為己任，心念國事，然而這也只能是空惆悵。詞中抒發了作者歸居之後既曠達豪邁又難免孤寂惆悵的矛盾情懷。

註釋

1. 縹緲：隱隱約約，亦因其高而似可見似不可見，應題目中的 "小亭"。
2. 危亭：言絕頂亭之高。

經典名句

少年豪放，莫學衰翁樣。

　年輕人應該豪放一點，不要學習衰老之人的模樣。

朱敦儒 **好事近** 漁父詞

掃碼聆聽粵語朗讀

搖首出紅塵，醒醉更無時節。
活計綠蓑青笠，慣披霜沖雪。

晚來風定釣絲閒，上下是新月。
千里水天一色，看孤鴻明滅[1]。

賞析

好事近，詞牌名。又名釣船笛。朱敦儒，被稱為"天資曠逸，有神仙風致"的詞人，
其作品大部分抒寫閒適生活。詞人前後共寫了六首漁父詞來歌詠其晚年寓居嘉禾的閒
適生活，這是其中的一首，寫得情趣盎然，清雅俊朗，表現出閒適曠達的風格。開頭
"搖首"兩句寫出自己放棄官場生活的堅決態度，接着寫自己離開官場的自在生活：
醒醉無時節，穿蓑戴笠，披霜冒雪，做個煙波釣徒，新月下，看孤鴻明滅。

註釋

1. 明滅：時隱時現。

經典名句

千里水天一色，看孤鴻明滅。

　　看千里之外，水天一色，一隻縹緲
的孤鴻，明滅於遠空之中。

朱敦儒　相見歡

金陵[1]城上西樓，倚清秋[2]。
萬里夕陽垂地、大江流。

中原亂[3]，簪纓[4]散，幾時收？
試倩[5]悲風吹淚、過揚州。

賞析

相見歡，詞牌名。靖康之難，汴京淪陷，兩位皇帝被俘。朱敦儒倉猝南逃金陵，這首詞是他客居金陵，登上金陵城西門城樓時所寫。

全詞由登樓入題，從寫景到抒情，表現了詞人強烈的亡國之痛。上片寫登樓所見，無邊秋色，萬里夕陽，這是冷落蕭條的清秋季節。下片由寫景轉而直言國事，"中原亂"三句，表現了作者渴望早日恢復中原，還於舊都的願望，同時也表達了對朝廷苟安旦夕，不圖恢復的憤慨和抗議。最後"試倩"句寫請悲風吹淚到揚州去，因為揚州是抗金的前線重鎮，國防要地，這表現了詞人對前線戰事的關切。

註釋

1. 金陵：南京。
2. 倚清秋：倚樓觀看清秋時節的景色。
3. 中原亂：指宋欽宗靖康二年（1127）金兵侵佔中原。
4. 簪纓：當時官僚貴族的冠飾，這裏代指他們本人。
5. 倩（qìng 慶，粵 cing[3] 秤）：請。

經典名句

中原亂，簪纓散，幾時收？

　　中原淪喪，人民流離，何時才能收復故土，重返家園？

李清照　點絳唇

掃碼聆聽粵語朗讀

蹴[1]罷鞦韆，起來慵整[2]纖纖手。
露濃花瘦[3]，薄汗輕衣透。

見客入來，襪剗[4]金釵溜。和羞走。
倚門回首，卻把青梅嗅。

賞析

李清照，號易安居士，南宋婉約派代表詞人。李清照對詩、詞、散文、書法、繪畫、音樂，無不通曉，而以詞的成就為最高，在詞壇獨樹一幟，稱為"易安體"。其創作因北宋、南宋生活的變化呈現出前後期不同的特點，前期多寫閨中悠閒生活，後期多悲歡身世，情調感傷，有的也流露出對中原的懷念。此詞通過蹴罷鞦韆之後，慵整纖纖手之時，突然看到有客來訪，來不及穿鞋，只穿着襪子、披散着頭髮而含羞迴避，卻又倚門偷看，裝着嗅青梅的細節，把一個純情少女的含羞之態寫得淋漓盡致。

註釋

1. 蹴（cù 促，粵 cuk[1] 速）：踩，踏。這裏指盪鞦韆。
2. 慵整：懶洋洋的收拾。
3. 花瘦：形容花枝上的花瓣已經凋零。
4. 襪剗（chǎn，粵 caan[2] 產）：即剗襪。未穿鞋子，只穿着襪子行走。

經典名句

和羞走。倚門回首，
卻把青梅嗅。

　　含着羞疾步快走。倚着門卻又回頭偷偷地看，拿一隻青梅裝着嗅它的酸澀味兒。

李清照　如夢令

掃碼聆聽粵語朗讀

　常記溪亭日暮，沉醉不知歸路。興盡晚回舟，
　誤入藕花¹深處。爭²渡，爭渡，驚起一灘鷗鷺³。

賞析

如夢令，詞牌名，又名憶仙姿、宴桃園等。此詞開頭"常記"二字表明詞中所寫皆是往日一段充滿情趣的野遊生活情景：在溪亭邊、日暮時，因喝醉了酒而不知道歸去的路怎麼走，盡情遊賞一日之後，興盡晚歸時，錯誤地闖進荷花深處的一段生活情趣，一"誤"一"驚"，真切而生動地寫出了當時的興奮與激動。

註釋

1. 藕花：荷花。
2. 爭：怎麼；如何。
3. 鷗鷺：水鷗和白鷺，泛指水鳥。

經典名句

爭渡，爭渡，驚起一灘鷗鷺。

　怎麼渡，怎麼渡，盡力地划呀划呀，驚起了在這裏棲息的一群水鳥。

李清照　**如夢令**

掃碼聆聽粵語朗讀

昨夜雨疏風驟[1]。濃睡[2]不消殘酒。試問捲簾人[3]，
卻道"海棠依舊"。知否，知否？應是綠肥紅瘦[4]！

賞析

這首詞用極其簡潔的語言記錄了夫妻之間一段充滿情趣的生活情景：昨夜雨狂風急，我從沉睡中醒來，酒醉沒有全消，急急地詢問捲簾的人兒，窗外有甚麼變化，可粗心的他只會說海棠依舊，他哪裏知道，應該是綠葉更肥紅花消瘦了呀！

註釋

1. 雨疏風驟：雨點稀疏，晚風急猛。
2. 濃睡：酣睡。
3. 捲簾人：常作男子"意中人"的代稱，此處反用其意，指詞人的丈夫。
4. 綠肥紅瘦：指綠葉繁茂，花朵凋零。

經典名句

知否，知否？應是綠肥紅瘦！

　　知道嗎，知道嗎？應是綠葉更加茂盛，紅花卻已凋零。

李清照　**一剪梅**

掃碼聆聽粵語朗讀

> 紅藕香殘玉簟秋。輕解羅裳[1]，獨上蘭舟。
> 雲中誰寄錦書來？雁字[2]回時，月滿西樓。
>
> 花自飄零水自流。一種相思，兩處閒愁。
> 此情無計可消除，才下眉頭，卻上心頭。

賞析

一剪梅，詞牌名，又名臘梅香。這首詞是趙明誠出外求學後，李清照抒寫思念丈夫的心情的詞作。

上片開頭以"紅藕香殘玉簟秋"句渲染夫妻別離時的淒涼情景：粉紅的荷花淒苦地凋零了，香氣不再，牀上的玉簟冰冰涼。此處以景襯情，貼切自然。清朝陳廷焯讚賞此句"精秀特絕，真不食人間煙火者"。接着，寫離別之後只能依靠大雁傳遞錦書。下片開頭以"花自飄零水自流"襯托別離之後兩地相思之苦，結尾三句抒寫內心無法排解的思念，用語淺近而感情真摯。

註釋

1. 裳（cháng，粵 soeng⁴ 常）：古人穿的下衣。也泛指衣服。
2. 雁字：指雁群飛時排成"一"或"人"形。相傳雁能傳書。

經典名句

此情無計可消除，
才下眉頭，卻上心頭。

　　這份相思、這般離愁將無法排除，剛從微蹙的眉間消失，卻又隱隱纏繞上了心頭。

李清照 臨江仙

庭院深深深幾許？雲窗霧閣常扃[1]。柳梢梅萼漸分明。
春歸秣陵[2]樹，人老建康[3]城。

感月吟風多少事，如今老去無成。誰憐憔悴更凋零。
試燈無意思，踏雪沒心情。

賞析

此詞作於建炎三年（1129）初，是作者南渡以後第一首能準確編年的詞作。南渡以後，李清照的詞風從清新變為哀傷沉鬱，國破家亡，個中淒苦，只能用曲筆婉達。少女時期的清純，中年時期的憂鬱，統統轉變為老年時期的沉鬱悲愴。開頭兩句寫詞人閉門關窗幽居，連用三個 "深" 字，把閨情與國恨一併寫盡。康康是詞人與丈夫趙明誠共同生活過的地方，也是他們死別之處，至今丈夫還埋葬在那兒。詞人想像春天回到建康，春風吹綠了那兒的樹，可是她再也不能與丈夫一起觀賞那兒的春光了。下片因觸景傷懷，進而追憶往昔，對一切都感到心灰意冷。

註釋

1. 扃（jiōng，粵 gwing[1] 迥[1]）：關門。
2. 秣（mò，粵 mut[6] 沒）陵：南京的別稱。
3. 建康：今江蘇南京。

經典名句

庭院深深深幾許？
雲窗霧閣常扃。

　　庭院深深，到底有多深？雲霧繚繞着樓閣，門窗常常緊閉。

李清照 醉花陰

薄霧濃雲愁永晝，瑞腦[1]消金獸。佳節又重陽，
玉枕紗廚[2]，半夜涼初透。

東籬把酒黃昏後，有暗香盈袖。莫道不消魂[3]，
簾捲西風[4]，人比黃花瘦。

賞析

醉花陰，詞牌名，又名"九日"。這首詞寫的是丈夫遠遊，詞人留守在家，倍感孤獨寂寞而思念丈夫。

上片以"愁"字起，用"涼"字結，寫出白日的愁悶與夜晚的孤寂。"半夜涼初透"一句，一"透"字暗示了詞人輾轉反側、徹夜難眠的情形。"佳節又重陽"，這一"又"字表明先前的重陽節，夫妻團聚，攜手登高賞菊飲酒賦詩，兩情依依，而今又重陽，夫妻卻天各一方，兩相候望，怎不叫人黯然神傷？下片則敘黃昏時獨自飲酒的淒苦。古人有在重陽節賞菊飲酒的風習。所以即使孤身一人，詞人照樣要"東籬把酒"直飲到"黃昏後"，菊花的幽香盛滿了衣袖。全詞言情，無一處不含情，後人評價它"無一字不秀雅"。

註釋

1. 瑞腦：又稱龍腦香，一種香料。
2. 紗廚：紗帳，一稱碧紗帳。
3. 消魂：同"銷魂"，指因愁苦、悲哀而神傷。
4. 西風：秋風，給人以悲涼之意。

經典名句

莫道不消魂，簾捲西風，
人比黃花瘦。

　　沒有一處景物不令人黯然神傷，西風吹捲起簾幕，發現已是滿地黃花憔悴損，而此時的我卻比黃花還消瘦。

李清照　永遇樂

掃碼聆聽粵語朗讀

落日熔金[1]，暮雲合璧[2]，人在何處？染柳煙濃，
吹梅笛怨[3]，春意知幾許！元宵佳節，融和天氣，
次第[4]豈無風雨？來相召、香車寶馬，謝他酒朋詩侶。

中州[5]盛日，閨門多暇，記得偏重三五[6]。鋪翠冠兒，
撚金雪柳，簇帶[7]爭濟楚。如今憔悴，風鬟霜鬢，
怕見夜間出去。不如向、簾兒底下，聽人笑語。

賞析

永遇樂，詞牌名，又名消息。這首詞寫於宋室南渡以後，詞人身處臨安時期。通過南渡前後元宵節兩種情景的對比，抒寫詞人離亂之後愁苦寂寞的情懷。

上片把眼前絢麗的美景與淒苦落寞的心境結合起來，景雖美，情卻哀，以致於有貴客以香車寶馬來相邀，她卻只能婉言謝絕；下片由眼前元宵節的熱鬧情景聯想起汴京的繁華，那時的元宵佳節，女子們都盛裝而出，"如今"一詞，把詞人從對往日繁華的回憶拉回到現實中來：人已憔悴，鬢髮已白，人心亦已老。在今昔對比中抒發國破家亡的感慨，表達沉痛悲苦的心情。全詞情景交融，由今而昔，又由昔而今，形成今昔盛衰的鮮明對比。面對現實的繁華熱鬧，詞人卻只能在隔簾笑語聲中聊溫舊夢。這是何等的悲涼！

註釋

1. 落日熔金：落日的顏色好像熔化的黃金。
2. 合璧：像璧玉一樣合成一塊。
3. 吹梅笛怨：指笛子吹出《梅花落》曲幽怨的聲音。
4. 次第：接着，轉眼。
5. 中州：這裏指北宋汴京。
6. 三五：指元宵節。
7. 簇帶：妝扮之意。

經典名句

落日熔金，暮雲合璧，
人在何處？

　　落日的光輝，像熔解的金子，一片赤紅璀璨，傍晚的雲彩，圍合着璧玉一樣的圓月，可是親愛的人兒又在哪裏呢？

李 清 照　武陵春

掃碼聆聽粵語朗讀

風住塵香花已盡，日晚倦梳頭。
物是人非[1]事事休，欲語淚先流。

聞說雙溪[2]春尚好，也擬[3]泛輕舟。
只恐雙溪舴艋舟[4]，載不動許多愁。

李清照

賞析

武陵春，詞牌名，又名武林春、花想容，出自陶淵明《桃花源記》記載的武陵漁人誤入桃花源的故事。這首詞作於南宋高宗紹興五年（1135），當時李清照避亂南逃，暫居浙江金華。

上片從 "花已盡" 寫起，以自己直到日暮時分都無心梳妝的細節，説明物是人非，丈夫已經去世，自己流離失所，一切將不復完好，以此表達自己淒涼落寞的心境；下片寫聽說雙溪那裏風景很美，自己也打算去那裏春遊，只怕是這條舴艋一樣的小舟，載不動自己的許多愁與苦。

註釋

1. 物是人非：景物依舊，人事已變。這裏暗指丈夫已死。
2. 雙溪：浙江金華的一條河。
3. 擬：打算。
4. 舴艋（zé měng）舟：形似蚱蜢的小船。

經典名句

只恐雙溪舴艋舟，
載不動許多愁。

　　只怕是這條蚱蜢一樣的小船，載不動自己許多的愁與苦。

李清照　聲聲慢

掃碼聆聽粵語朗讀

尋尋覓覓，冷冷清清，淒淒慘慘戚戚。乍暖還寒時候，最難將息[1]。三杯兩盞淡酒，怎敵他、晚來風急？雁過也，正傷心，卻是舊時相識。

滿地黃花堆積，憔悴損，如今有誰堪摘？守着窗兒，獨自怎生[2]得黑！梧桐更兼細雨，到黃昏、點點滴滴。這次第[3]，怎一箇愁字了得！

賞析

聲聲慢，詞牌名，原名勝勝慢。此調表達的感情比一般的慢曲纏綿得多。李清照的這首詞是她南渡以後震動詞壇的名作，全詞通過秋景秋情的描繪，抒發國破家亡、天涯淪落的悲涼與淒苦，具有明顯的時代印跡。結構上打破了上下片的局限，詞中幾處連用疊字，表達內心的淒苦：首句連用七個疊字，着意渲染愁情，如泣如訴；下文"梧桐更兼細雨，到黃昏點點滴滴"又用疊字，前後照應，表現作者孤獨寂寞的憂鬱情緒和動盪不安的心境。全詞一字一淚，纏綿哀怨，極富藝術感染力。梁啟超評價道："那種煢獨恓惶的景況，非本人不能領略；所以一字一淚，都是咬着牙根嚥下。"

註釋

1. 將息：將養休息。
2. 怎生：怎樣，怎麼。
3. 這次第：這一連串的情況。

經典名句

這次第，怎一箇愁字了得！

　　這情景，怎能用一個"愁"字概括得了！

李重元　憶王孫 春詞

萋萋芳草憶王孫[1]。

柳外高樓空斷魂。

杜宇[2]聲聲不忍聞。

欲黃昏。

雨打梨花深閉門。

賞析

憶王孫，詞牌名，又名豆葉黃、闌干萬里心。李重元，傳世詞作僅《憶王孫》四首（春詞、夏詞、秋詞、冬詞），這一首為其四首中的春詞。此詞所表達的是一個古老的主題：春愁閨怨。通過寫景，表達這種傷春懷人的情緒。表面看來，這首詞並無驚人之語，也無獨特之處，所用意象皆是平常人們所吟詠之物，如柳外高樓、芳草斜陽、梨花帶雨、黃昏杜鵑，但這些平常之景，一經作者巧手組合，就成為一篇辭情優美的詞作了：萋萋芳草，為憶王孫而生；柳外高樓，空自斷魂；杜宇聲聲，卻不忍聽聞；黃昏時分，雨打梨花，卻又門戶緊閉。

註釋

1. 王孫：公子，代指行人。
2. 杜宇：傳說中的古蜀國國王，死後化為鵑鳥，故其名亦作杜鵑鳥的別稱。

經典名句

欲黃昏。雨打梨花深閉門。

　　將要黃昏時分，梨花一枝春帶雨，庭院深深緊閉門。

張元幹 **賀新郎**

掃碼聆聽粵語朗讀

送胡邦衡[1]待制。

夢繞神州路。悵秋風、連營畫角，
故宮離黍。底事崑崙傾砥柱[2]，九地黃流亂注？
聚萬落、千村狐兔[3]。天意從來高難問，
況人情、老易悲難訴！更南浦[4]，送君去。

涼生岸柳催殘暑。耿斜河、疏星淡月，
斷雲微度。萬里江山知何處？回首對牀夜語。
雁不到、書成誰與？目盡青天懷今古，
肯兒曹、恩怨相爾汝！舉大白，聽金縷。

賞析

賀新郎，詞牌名，又名金縷曲、乳燕飛、貂裘換酒。此調聲情沉鬱蒼涼，多抒發激越情感。這是一首送別友人的詞作，詞極慷慨憤激，忠義之氣，溢於字裏行間。

上片述時事，寫夢回中原，一片淪陷慘狀，知己遠別，何人能訴衷腸！下片敍別情，通過"岸柳""星月""斷雲"等意象，襯托別離之愁苦，結尾兩句以豪情排遣沉痛，慷慨悲壯，餘音繚繞。

註釋

1. 胡邦衡：作者的友人胡銓，因諫"議和"遭秦檜迫害。
2. 砥（dǐ，粵 dai² 底）柱：崑崙山有銅柱，其高入天，稱為天柱。
3. 狐兔：指人民流離失所，村落空墟，只有野獸亂竄，又虛指每當國家不幸陷於敵手之時，必然"狐兔"橫行，古今無異。
4. 南浦：送別處。

經典名句

天意從來高難問，況人情、老易悲難訴！

　　天意高深難測，何況人間又無知己，人生易老，悲情無人可傾訴！

陳與義　**臨江仙**

掃碼聆聽粵語朗讀

夜登小閣，憶洛中舊遊。

憶昔午橋橋上飲，坐中多是豪英。長溝流月去無聲。
杏花疏影裏，吹笛到天明。

二十餘年如一夢，此身雖在堪驚。閒登小閣看新晴[1]。
古今多少事，漁唱[2]起三更。

賞析

陳與義，"江西詩派"代表作家。詞前小序説明寫作緣由。

上片追憶起二十多年前的洛中舊遊，那時天下太平無事，盡享宴飲之樂、遊賞之歡；
下片回到現實，二十年來彷彿大夢一場，處境堪涼，感慨無限。

註釋

1. 新晴：雨後初晴。
2. 漁唱：漁歌。

經典名句

長溝流月去無聲。
杏花疏影裏，吹笛到天明。
　彎彎的月亮悄無聲息地偏西了。坐
在杏花樹下淡淡的月影裏，一直吹笛
到天亮。

岳飛　**小重山**

掃碼聆聽粵語朗讀

昨夜寒蛩[1]不住鳴。驚回千里夢，已三更。
起來獨自繞階行。人悄悄，簾外月朧明。

白首為功名。舊山松竹老，阻歸程。
欲將心事付瑤琴。知音少，弦斷有誰聽？

賞析

小重山，詞牌名，又名小重山令，其聲調較悲。與《滿江紅》直抒胸臆、表達詞人雄心壯志有所不同，岳飛的這首《小重山》運用藝術手法表達他抗金報國的壯志與情懷，格調低沉，心情沉鬱。

上片藉昨晚受寒的秋蟬的不斷哀鳴，渲染淒涼情境：寒蟬的哀鳴驚醒了我千里之外的故鄉夢，夜半三更，獨自一人繞着台階徘徊；下片寫自己為了追求功名利祿已累白了頭髮，滿腹心事無人傾訴，想把心事寄託在彈琴上，卻無知音傾聽，藉以抒發出壯志難酬的孤憤。

註釋

1. 蛩（qióng，粵 kung⁴ 窮）：蟋蟀。

經典名句

欲將心事付瑤琴。
知音少，弦斷有誰聽？

　　想要撫琴一曲傾吐心事，可惜知音難覓，即使把弦彈斷了，又有誰會側耳傾聽？

岳飛　　# 滿江紅

怒髮衝冠[1]，憑闌處、瀟瀟[2]雨歇。抬望眼，
仰天長嘯[3]，壯懷激烈。三十功名塵與土，
八千里路雲和月。莫等閒[4]、白了少年頭，空悲切。

靖康恥[5]，猶未雪。臣子恨，何時滅？
駕長車，踏破賀蘭山[6]缺。壯志飢餐胡虜肉，
笑談渴飲匈奴血。待從頭、收拾舊山河，朝天闕[7]。

賞析

滿江紅，詞牌名，最初詠漁人晚歸，燈火映照江面，表達羈旅行役的感傷，直到岳飛的《滿江紅》，才因有飄逸瀟灑的韻味而慷慨沉鬱起來。岳飛，南宋抗金名將，被秦檜所陷冤死。岳飛此曲一經問世，便廣泛傳唱，影響深遠。此詞以"怒髮衝冠"四字開篇，氣勢磅礡，"怒"字與下片的"恨"字相呼應，壯懷激烈，既表達了對敵人的深仇大恨，也表達了恢復舊山河的凌雲壯志和決心。

上片借助"憑闌""抬望""長嘯""莫等閒"等動作詞彙刻畫了一位愛國英雄形象；下片先寫"國恥"、"臣恨"，再通過"駕""踏""笑談"，痛快淋漓地表達了精忠報國之志。

註釋

1. 怒髮衝冠：形容憤怒至極。

2. 瀟瀟：形容雨勢急驟。

3. 長嘯：感情激動時撮口發出清而長的聲音，為古人的一種抒情之舉。

4. 等閒：輕易，隨便。

5. 靖康恥：宋欽宗靖康二年（1127），金兵攻陷汴京，虜走徽、欽二帝。

6. 賀蘭山：在今寧夏回族自治區。

7. 天闕：宮殿前的樓觀。

經典名句

莫等閒、白了少年頭，空悲切。

抓緊時間為國建功立業，不要把青春白白地消磨掉，等到年老時空悲切。

朱淑真　**眼兒媚**

掃碼聆聽粵語朗讀

遲遲[1]春日弄輕柔，花徑暗香流。
清明過了，不堪回首，雲鎖朱樓。

午窗睡起鶯聲巧，何處喚春愁？
綠楊影裏，海棠亭畔，紅杏梢頭。

賞析

眼兒媚，詞牌名，又名秋波媚。朱淑真，是一位多愁善感的女詞人，能畫，通音律。詞多幽怨，流於感傷。此詞寫一位閨中女子在明媚春光中，回首往事而愁緒萬端。詞以樂景開頭，先用"遲遲"兩句描繪出一幅風和日麗、花香怡人的美景，很快便意識到往事不堪回首，為此，室外和煦的陽光與內心的陰霾形成鮮明對照，詞人的心被禁錮在陰鬱的小樓裏。下片寫午後小睡，宛轉的鶯聲喚起滿腹春愁，春愁何在？在綠楊影裏，在海棠亭畔，在紅杏梢頭，更在詞人的心頭！

註釋

1. 遲遲：指日長而暖。語出《詩經・七月》"春日遲遲"。

經典名句

何處喚春愁？綠楊影裏，
海棠亭畔，紅杏梢頭。

　　宛轉的鶯聲喚起自己的春愁，春愁在哪裏？在綠楊影裏，在海棠亭畔，在紅杏梢頭，更在詞人的心頭！

朱淑真　**蝶戀花** 送春

掃碼聆聽粵語朗讀

樓外垂楊千萬縷，欲繫青春，少住春還去。猶自風前飄柳絮，隨春且看歸何處？

綠滿山川聞杜宇，便做無情，莫也愁人苦。把酒送春春不語，黃昏卻下瀟瀟雨。

朱淑真

賞析

這是一首惜春之作。上片通過豐富的想像力，運用擬人手法，寫柳絲想要繫住好春光，卻無能為力，稍作停留，春天還是歸去了。柳絮隨風飄飛彷彿是隨春而去，自己也想隨它去看看春天到底歸於何處。下片寫綠滿山川，杜宇聲聲，這些本是春天景象，可詞人卻聽出其中的愁苦滋味。既然繫春不能，只好把酒送春歸去，一任春天伴着瀟瀟暮雨默默地離開人間。

經典名句

把酒送春春不語，
黃昏卻下瀟瀟雨。

　　舉起酒杯送春歸去，春無情，默無語，伴着瀟瀟暮雨離開了人間。

陸游 　卜算子 詠梅

掃碼聆聽粵語朗讀

驛外[1]斷橋邊，寂寞開無主[2]。
已是黃昏獨自愁，更著[3]風和雨。

無意苦爭春，一任[4]群芳妒。
零落成泥碾作塵，只有香如故。

賞析

陸游，南宋著名詞人，其作品大多風格雄奇奔放，沉鬱悲壯，洋溢着愛國激情。這首詞是詠物言志之作。詞以梅花自喻，表達詞人無論環境怎樣惡劣都不改初衷的堅定信念。

上片集中寫梅花的艱難處境，開頭兩句寫開放的地點在荒郊野外，渲染了孤獨寂寞的氛圍，後面兩句則寫出梅花開放時的時間和天氣，既是黃昏又兼夾雜着風和雨。下片藉梅花以言志，表現了詞人不與群芳爭春，任憑群芳嫉妒，不畏讒毀、堅貞自守的崢嶸傲骨。

註釋

1. 驛外：指荒僻之地。
2. 無主：無人過問。
3. 著：遭受，遇到。
4. 一任：完全聽憑。

經典名句

零落成泥碾作塵，
只有香如故。

　梅花凋落，花瓣委地，碾作塵土，然而香氣卻依然如故。

陸游　**釵頭鳳**

掃碼聆聽粵語朗讀

紅酥手[1]，黃縢酒[2]，滿城春色宮牆柳。

東風惡，歡情薄。一懷愁緒，

幾年離索[3]。錯，錯，錯！

春如舊，人空瘦。淚痕紅浥[4]鮫綃[5]透。

桃花落，閒池閣。山盟雖在，

錦書難託。莫，莫，莫！

賞析

釵頭鳳，詞牌名，又名折紅英。此詞聲情淒苦，節奏緊迫。此詞是陸游寫自己的愛情悲劇之作。陸游年輕時娶表妹唐琬為妻，後因陸母對兒媳不滿，陸游被迫休棄唐氏。十年後，陸游在遊沈園時與唐琬不期而遇。此情此景，令陸游"悵然久之，為賦《釵頭鳳》一詞"。唐琬見此詞後，亦提筆和《釵頭鳳‧世情薄》詞一首。不久，唐琬因愁怨而死。

上片從回憶到現實，回憶與現實交織在一起："紅酥手，黃縢酒"是回憶，"滿城春色宮牆柳"則一半是回憶一半是現實，滿城蕩漾着春色，你卻早已像宮牆中的綠柳那樣遙不可及；恩愛夫妻歡情苦少，被迫離散，只能感歎命運安排之錯！下片寫別後愁苦之情：春色如舊，人卻消瘦，淚水濕透了手帕；相愛的誓言雖在，可錦書難託，美滿的愛情橫遭摧殘，留下的只有情深緣淺之痛！全詞淒婉哀怨，悲切動人。

註釋

1. 紅酥手：形容女性手的柔軟光滑細膩。
2. 黃縢（téng，粵 tang[4] 騰）酒：宋時官酒上以黃紙封口，又稱黃封酒。
3. 離索：離群獨居。
4. 浥（yì，粵 jap[1] 泣）：沾濕。
5. 鮫（jiāo，粵 gaau[1] 交）綃：傳說鮫人織的絲絹極薄，後泛指薄紗，或作手帕的別稱。

經典名句

春如舊，人空瘦。
淚痕紅浥鮫綃透。

　　美麗的春景依然如舊，人卻因相思而日漸消瘦，淚水洗盡臉上的胭紅，把手帕全都濕透。

陸游 **訴衷情**

當年萬里覓封侯，匹馬戍[1]梁州。
關河夢斷何處？塵暗舊貂裘[2]。

胡未滅，鬢先秋[3]，淚空流。
此生誰料，心在天山，身老滄洲。

賞析

訴衷情，詞牌名。陸游四十八歲時，應四川宣撫使王炎之邀，從夔州前往當時西北前線重鎮南鄭（今陝西漢中）軍中任職，度過了八個多月的戎馬生活。那是詩人一生中最值得懷念的一段歲月。晚年被彈劾罷官後，退隱山陰故居，陸游常常回首往事，夢遊梁州，寫下了一系列愛國詩詞，此詞便是其中的一首。全詞感情蒼涼悲壯，通過把當年馳騁疆場、匹馬戍梁州的戰鬥歲月與今日關河夢斷、身老滄洲的落寞進行對比，表達歲月虛度而壯志未酬、英雄無用武之地的悲憤不平之情。"未"、"先"、"空"三字在承接比照中流露出沉痛的感情。

註釋

1. 戍：駐守。南鄭屬古梁州，故稱戍梁州。

2. 貂裘：指詞人當年馳騁疆場時穿的貂裘戎裝。

3. 秋：鬢髮變白。

經典名句

此生誰料，心在天山，
身老滄洲。

　　誰能料我這一生，心始終在抗敵前線，身卻老死在家鄉的山林水邊！

范成大　**眼兒媚**

掃碼聆聽粵語朗讀

萍鄉道中乍晴，臥輿中困甚，小憩柳塘。

酣酣日腳[1]紫煙[2]浮，妍暖破輕裘[3]。
困人天色，醉人花氣，午夢扶頭。

春慵[4]恰似春塘水，一片縠[5]紋愁。
溶溶泄泄，東風無力，欲皺還休。

賞析

眼兒媚，詞牌名。范成大，與楊萬里、陸游、尤袤合稱南宋"中興四大詩人"。此詞寫於作者赴任途中。當時，詞人過江西萍鄉，乘轎困乏，歇息於柳塘畔。時方雨過天晴，柳條新綠，池塘水滿，引發了詞人的詩興。

上片寫花氣醉人，天色困人，突出乘輿道中的困乏；下片寫"小憩柳塘"，把"春慵"比作縐紗一樣的春塘水波，在輕柔的春風吹拂下，欲皺還休，描繪細膩生動。後人評價此詞"字字軟溫，著其氣息即醉。"

註釋

1. 日腳：透過雲縫斜射到地面的日光。
2. 紫煙：映照日光的地表上升騰的水氣。
3. 輕裘：薄襖。
4. 春慵：難以言狀的困乏。
5. 縠紋：縐紗的細紋，比喻水的波紋。

經典名句

春慵恰似春塘水，一片縠紋愁。

　　春日裏的慵懶彷彿春塘縐紗一樣的水波，在春風的吹拂下，欲皺還休。

張孝祥 **念奴嬌** 過洞庭

掃碼聆聽粵語朗讀

洞庭青草[1]，近中秋、更無一點風色。
玉鑒[2]瓊田三萬頃，着我扁舟一葉。
素月分輝，明河共影，表裏俱澄澈。
悠然心會，妙處難與君說。

應念嶺表[3]經年，孤光自照，肝膽皆冰雪。
短髮蕭騷襟袖冷，穩泛滄溟空闊。
盡吸西江[4]，細斟北斗，萬象為賓客。
扣舷獨嘯，不知今夕何夕！

賞析

張孝祥，南渡初期著名豪放派愛國詞人，其詞風格豪邁。此詞作於詞人被讒言落職，從廣西經洞庭湖北歸途中，於中秋時節泛舟洞庭湖的即景抒懷之作。

上片開篇先寫地點與時間，通過描寫湖面、小舟、月亮、銀河，營造出澄澈空闊的美妙意境，接着寓情於景，抒發內心難以言傳的快感。下片重在抒情，感情激昂。此時作者想起嶺南一年的官宦生活，覺得自己無所作為而有所愧疚，再想到人生易老，不免心酸。接着用誇張的手法寫要用北斗做酒勺，舀盡長江做酒漿痛飲一場。至此，全詞格調變得激昂起來，表現了詞人高昂的生命力和坦蕩的精神境界。

註釋

1. 青草：湖名，在洞庭湖西南，二湖相通，總稱洞庭湖。
2. 玉鑒：玉鏡，形容月下湖水晶瑩如鏡。
3. 嶺表：指兩廣之地，五嶺以南。
4. 西江：長江。

經典名句

盡吸西江，細斟北斗，
萬象為賓客。

　　讓我捧盡西江清澈的江水，細細地斟在北斗星做成的酒勺中，請天地萬象統統來做我的賓客。

辛棄疾　**摸魚兒**

掃碼聆聽粵語朗讀

淳熙己亥，自湖北漕移湖南，同官王正之置酒小山亭，為賦。

更能消[1]、幾番風雨？匆匆春又歸去。
惜春長怕花開早，何況落紅無數。春且住。
見說道、天涯芳草無歸路。怨春不語。
算只有殷勤，畫簷蛛網，盡日惹飛絮。

長門[2]事，准擬佳期又誤。娥眉曾有人妒。
千金縱買相如賦，脈脈此情誰訴？君莫舞，
君不見、玉環[3]飛燕[4]皆塵土！閒愁最苦。
休去倚危闌，斜陽正在、煙柳斷腸處。

賞析

摸魚兒，詞牌名，又名山鬼謠、摸魚子等。辛棄疾，南宋愛國詞人，豪放詞派的傑出代表，與蘇軾齊名，並稱"蘇辛"。辛棄疾一生力主抗金，但屢遭彈壓，晚年一度被起用，不久病卒。

此詞作於淳熙六年（1179），辛棄疾改赴湖南新任之前。

上片寫景，通過"春歸"、"落紅"、"蛛網"，抒發惜春、怨春、留春的心緒；下片美人遭妒的典故暗喻自己政治上的不得意，以斜陽為喻來感歎朝廷國運多艱。此詞並非一般的惜春傷春之作，而是以香草美人為比興，借用典故來抒寫自己的政治情懷和對國家命運的思慮。委婉含蓄中透出蒼涼沉鬱。後人評價曰："迴腸蕩氣，至於此極；前無古人，後來來者。"

註釋

1. 消：經受。
2. 長門：漢代宮殿名，武帝皇后失寵後被幽閉於此，她請司馬相如作《長門賦》以悟武帝，復得倖。
3. 玉環：唐玄宗寵妃楊玉環，後被賜死。
4. 飛燕：漢成帝皇后趙飛燕，貌美善妒。

經典名句

休去倚危闌，
斜陽正在、煙柳斷腸處。

　　不要用憑高望遠來排除鬱悶，因為那快要落山的斜陽，正照着被暮靄籠罩着的楊柳，使人望之傷情。

辛棄疾 **菩薩蠻** 書江西造口[1]壁

掃碼聆聽粵語朗讀

鬱孤台[2]下清江[3]水，中間多少行人淚。
西北望長安，可憐[4]無數山。

青山遮不住，畢竟東流去。
江晚正愁余，山深聞鷓鴣。

賞析

菩薩蠻，亦作"菩薩鬘"，又名"子夜歌"等。此詞是作者赴任江西、途經造口時所作，並把詞書寫在造口壁上。全詞用巧妙的比興手法，表達詞人深沉的愛國情思。詞人俯瞰鬱孤台下清江水，感歎逝者如斯，想起當年隆祐太后被追之事，深感國家之危機，憂憤金兵之猖狂，於是詞人滿懷悲憤之情，這一江之水便也化作行人流不盡的傷心之淚。抬頭遠望，京都遙遠，不知何處是歸程。夜晚來臨，情景使人憂愁，深山裏又傳來鷓鴣鳥淒涼的叫聲。

註釋

1. 造口：即皂口，鎮名。在今江西省萬安縣西南六十里處。
2. 鬱孤台：古台名，在今江西贛州市西南的賀蘭山上。
3. 清江：贛江與袁江合流處，舊稱清江。
4. 可憐：可惜。

經典名句

青山遮不住，畢竟東流去。

　　無數青山雖然可以遮住遙望長安的視線，但終究遮不住一江之水向東流去。

辛棄疾 青玉案 元夕[1]

東風夜放花千樹，更吹落，星[2]如雨。
寶馬雕車香滿路。鳳簫聲動，
玉壺[3]光轉，一夜魚龍[4]舞。

蛾兒[5]雪柳黃金縷，笑語盈盈暗香去。
眾裏尋他千百度，驀然[6]回首，
那人卻在，燈火闌珊[7]處。

賞析

青玉案，詞牌名。這首詞描寫元宵之夜滿城燈火、滿街遊人、通宵達旦的繁華熱鬧景象。

上片總寫元宵之夜的盛況，寫出花燈無數、煙火如星雨、寶馬雕車香飄滿路的盛大場面，勾勒出一幅鳳簫聲聲、月光流轉、魚龍狂舞的熱鬧場景；下片着力描繪觀燈者的裝扮細節，以及她們笑語盈盈的喜悅之情。結尾別出心裁，寫詞人穿梭在茫茫人海裏尋找自己愛慕的人，千百遍的尋找之後，突然回首，自己的意中人卻站在燈火零落、遊人稀少的地方，突現出意中人的孤高和淡泊，寓意詞人自己堅守節操、不苟流俗的氣節。

註釋

1. 元夕：農曆正月十五日為上元節，即元宵節，此夜被稱為元夕或元夜。
2. 星：指焰火。形容滿天的煙花。
3. 玉壺：比喻明月。
4. 魚龍：魚形龍形的彩燈。
5. 蛾兒：與雪柳、黃金縷皆為古代婦女頭飾。這裏指盛裝的婦女。
6. 驀（mò，粵 mak[6] 默）然：突然，猛然。
7. 闌珊：零落稀疏的樣子。

經典名句

眾裏尋他千百度，驀然回首，
那人卻在，燈火闌珊處。

　　在茫茫人海裏，我苦苦地尋找她千百遍，突然一回頭，卻發現她正站在燈火黯淡處。（王國維將此句作為古今成大事業、大學問者，必經之三種境界之最高境界。）

辛棄疾 **西江月** 夜行黃沙[1]道中

掃碼聆聽粵語朗讀

明月別枝驚鵲，清風半夜鳴蟬。
稻花香裏説豐年。聽取蛙聲一片。

七八箇星天外，兩三點雨山前。
舊時茅店社林[2]邊。路轉溪橋忽見[3]。

賞析

西江月，詞牌名，又名白蘋香、步虛詞等。此詞是一首吟詠田園風光的作品。詞人把人們熟知的明月、烏鵲、鳴蟬、青蛙、星星、夜雨、茅店、溪橋等意象，巧妙地組合起來，構成一幅雖寧靜卻又不失動態美感的田園風光畫。

上片開頭兩句別出心裁，寫得詩意十足：烏鵲受到明月驚嚇而飛離枝頭，初夏的蟬在清風悠悠的半夜裏鳴叫。一"驚"一"鳴"，打破了夜晚的寧靜。再寫田野蛙鳴如潮，人們在稻花香裏笑談豐收在望。下片寫稀稀落落的星星和山前零零星星的雨點。詞人於夜雨中行走，穿過茅店社林，轉過一道彎，小溪橋便忽然呈現在眼前，一股喜悅之情溢於言表。

註釋

1. 黃沙：江西省上饒縣黃沙嶺鄉黃沙村。
2. 社林：土地廟附近的樹林。社，土地廟。
3. 見：同"現"。

經典名句

稻花香裏説豐年。
聽取蛙聲一片。

　　人們談論着豐收的年景，耳邊傳來青蛙的齊聲喧嚷，好像也在爭説豐年。

辛棄疾 **醜奴兒** 書博山[1]道中壁

少年不識愁滋味，愛上層樓[2]。
愛上層樓，為賦新詞強説愁[3]。

而今識盡愁滋味，欲説還休。
欲説還休，卻道天涼好箇秋。

掃碼聆聽粵語朗讀

賞析

醜奴兒，詞牌名，又名羅敷豔歌、羅敷媚。此詞是辛棄疾被彈劾去職、退居上饒，閒居帶湖時所作。作者抓住少年"不識愁滋味"與而今"識盡愁滋味"時的典型心理特徵：一個是"為賦新詞強説愁"，一個是"欲説還休"，從風華正茂的少年到歷經世態炎涼、看遍人情冷暖的暮年，對比鮮明，渲染了無法言説的滿腹淒涼。語言雖通俗流暢，明白如話，卻又含蓄委婉，令人回味無窮。

註釋

1. 博山：博山在今江西廣豐縣西南。因狀如廬山香爐峰，故名。
2. 層樓：高樓。
3. 強説愁：無愁而勉強説愁。

經典名句

欲説還休，卻道天涼好箇秋。

　　想説説自己滿腹的憂愁，卻又無從開口，只説是天氣涼了，時節已老秋。

辛棄疾　永遇樂 京口[1]北固亭懷古

千古江山，英雄無覓，孫仲謀[2]處。舞榭歌台，
風流總被，雨打風吹去。斜陽草樹，尋常巷陌，
人道寄奴[3]曾住。想當年、金戈鐵馬，氣吞萬里如虎。

元嘉[4]草草，封狼居胥[5]，贏得倉皇北顧。四十三年，
望中猶記，烽火揚州路。可堪回首，佛貍祠[6]下，
一片神鴉社鼓。憑誰問、廉頗[7]老矣，尚能飯否？

賞析

此詞作於辛棄疾晚年擔任鎮江知府時。表面看來辛棄疾重獲朝廷的起用，但實際上他對北伐的意見並沒有引起南宋當權者的重視。某日他登上京口北固亭，撫昔追今，深感壯志難酬，遂寫下這首千古傳誦的懷古名篇。

上片追述孫權、劉裕擊退強敵，收復失地的英雄業績，藉對歷史人物的懷念，表達出收復故土的夙願和對南宋朝廷苟安求和者的譴責；下片懷抱希望，寄語當權者勿忘南朝劉義隆北伐失敗之史，不要草率從事，以免悲劇重演。四十三年倏忽而過，回想當年，烽火猶在眼前，而今，山河依舊破碎，自己雖老之將至，然而收復中原的決心不變。結尾以廉頗自比，表達報效國家的強烈願望。此詞大量鋪敍歷史典故，寓言志、抒情於敍事中，風格蒼勁悲涼，"句句有金石聲音"。

註釋

1. 京口：古城名，即今江蘇鎮江。
2. 孫仲謀：三國時的吳王孫權，字仲謀，曾建都京口。
3. 寄奴：南朝宋武帝劉裕，小名寄奴。
4. 元嘉：劉裕之子宋文帝劉義隆的年號。
5. 狼居胥：山名，在今蒙古境內。漢武帝時霍去病遠征匈奴，封狼居胥山而還。
6. 佛貍祠：北魏太武帝拓跋燾小名佛貍。佛貍祠即指他在長江北岸瓜步山建立的行宮。
7. 廉頗：戰國時趙國名將。

經典名句

憑誰問、廉頗老矣，尚能飯否？

　　還有誰會去問，廉頗老了，飯量怎麼樣呢？表示老當益壯，到了晚年還要為國出力。

辛棄疾 破陣子

掃碼聆聽粵語朗讀

為陳同甫[1]賦壯詞以寄。

醉裏挑燈[2]看劍，夢回吹角連營。八百里[3]分麾下炙，
五十弦翻塞外聲。沙場秋點兵[4]。

馬作的盧[5]飛快，弓如霹靂弦驚。了卻君王天下事[6]，
贏得生前身後名。可憐白髮生！

賞析

破陣子，又名十拍子，詞牌源自唐代的《破陣樂》。此詞是辛棄疾閒居江西帶湖時，為紀念與好友陳亮在鵝湖共議抗金大事而作。

上片由"醉裏挑燈看劍"的細節引起對少年時意氣風發、馳騁疆場往事的回憶，表達詞人渴望建功立業、為國殺敵的雄心壯志；下片由"馬作的盧飛快，弓如霹靂弦驚"將人帶入驚心動魄的戰鬥中。言辭慷慨激昂之際，一句"可憐白髮生！"引發無限感慨，表達詞人壯志未酬、報國無門的失落與悲愴之情。此詞先揚後抑，結尾處由雄壯化作悲壯。

註釋

1. 陳同甫：陳亮，字同甫，與辛棄疾同為力主抗金復國的志士。

2. 挑 (tiǎo，粵 tiu[1] 佻) 燈：把油燈的芯挑一下，使它明亮。

3. 八百里：指牛。晉代有良牛，名"八百里駁 (bó)"。後世多以"八百里"指牛。

4. 點兵：檢閱軍隊。

5. 的 (dí，粵 dik[1] 嫡) 盧：良馬名。三國時劉備的坐騎。

6. 天下事：這裏指收復北方的國家大事。

經典名句

八百里分麾下炙，
五十弦翻塞外聲。
沙場秋點兵。

　　官兵們都分到了將軍獎勵的烤牛肉，各種樂器齊把邊疆的歌曲演奏。秋高馬肥的季節，戰場正在閱兵。

辛棄疾 **南鄉子** 登京口北固亭有懷

掃碼聆聽粵語朗讀

何處望神州[1]？滿眼風光北固樓。千古興亡多少事，悠悠，不盡長江滾滾流！

年少萬兜鍪[2]，坐斷[3]東南戰未休。天下英雄誰敵手？曹劉[4]。生子當如孫仲謀！

賞析

南鄉子，詞牌名，又名好離鄉、蕉葉怨。此詞作於作者鎮江任上。鎮江，在歷史上曾是英雄用武和建功立業之地，而今卻成了與金人對峙的前線。

上片開頭寫詞人登臨北固樓，禁不住脫口而問："中原故土在哪裏？"意即中原大地被金兵佔領，已非己有！北固樓的滿眼風光和英雄事蹟引發了詞人千古興亡之感。下片寫孫權年少有為，年紀輕輕就統率千軍萬馬，雄據東南一隅，奮發自強，是何等英雄氣概！與其相比，怯懦偷安的當朝文武之輩顯得多麼庸碌無能！此詞三問三答相呼應，用典自然，詠中帶諷刺。它與《永遇樂·京口北固亭懷古》相比，風格更明快，格調更沉鬱頓挫，同是懷古傷今，寫法各異其趣，而都不失為千古絕唱。

註釋

1. 神州：指中國，此處指中原被金人佔領的淪陷區。
2. 兜鍪（móu，粵 mau[4] 謀）：即頭盔，此處借指士兵。
3. 坐斷：佔據、割據。
4. 曹劉：指曹操與劉備。

經典名句

千古興亡多少事？
悠悠，不盡長江滾滾流！

　　從古到今，有多少朝代更迭國家興亡的大事呢？年代太久遠了，無從知曉。只有長江的水滾滾東流，永無止盡。

辛棄疾　鷓鴣天

掃碼聆聽粵語朗讀

有客慨然談功名，因追念少年時事，戲作。

壯歲旌旗擁萬夫，錦襜突騎[1]渡江初。
燕兵夜娖[2]銀胡䩮[3]，漢箭朝飛金僕姑[4]。

追往事，歎今吾，春風不染白髭鬚。
卻將萬字平戎策[5]，換得東家種樹書。

賞析

這首詞是詞人晚年的作品，以短短的五十餘字，深刻地概括了其報國無門、壯志難酬的遭遇，被譽為詞人最出色的小令詞。上片回憶青年時代參加抗金鬥爭時激烈雄壯的戰爭場面：旌旗萬夫，突騎渡江，在夜裏與敵人短兵相接，是何等的驚心動魄！下片回到現實，由於朝廷投降政策，詞人只落得投閒置散，報效國家的壯志難酬，內心充滿悲涼與苦悶。上片憶舊，氣勢雄壯，下片感今，格調悲涼，對比強烈。

註釋

1. 錦襜突騎：穿錦衣的精銳騎兵。
2. 娖（chuò 綽，粵 cuk¹ 速）：整理。
3. 銀胡䩮（lù）：銀色的箭袋。
4. 金僕姑：弓箭名。
5. 平戎策：打敗敵人，收復失地的謀略。

經典名句

壯歲旌旗擁萬夫，
錦襜突騎渡江初。

　　我年輕時曾經指揮千軍萬馬，並率領精銳騎兵，錦衣快馬擒拿了降金的叛徒渡江南下。

陳亮　**水龍吟** 春恨

掃碼聆聽粵語朗讀

鬧花深處層樓，畫簾半捲東風軟。春歸翠陌，
平莎草嫩，垂楊金淺。遲日[1]催花，淡雲閣雨，
輕寒輕暖。恨芳菲世界，遊人未賞，都付與，鶯和燕。

寂寞憑高念遠，向南樓、一聲歸雁。金釵鬥草[2]，
青絲勒馬，風流雲散。羅綬[3]分香，翠綃封淚，
幾多幽怨？正銷魂又是，疏煙淡月，子規[4]聲斷。

賞析

水龍吟，詞牌名，又名龍吟曲、莊椿歲等。此詞藉傷春懷遠，寄寓國恨家愁。上片先寫春光爛漫，開頭著一"鬧"字，烘托春花盛開的熱鬧景象；末句著一"恨"字，歎惜如此美妙春色卻無人欣賞，暗喻大好河山淪於金人之手。下片開頭點明全詞主旨"念遠"，即懷念遠方的人，自己因"念遠"而感"寂寞"，接着回憶往日邂逅的情景及別離時的淚水和別後的"幽怨"，最後回到眼前，以"疏煙淡月"、"子規聲斷"渲染此時淒涼寂寞的情境。以樂景開頭，以離愁結束，寫得情深而意長。

註釋

1. 遲日：春日。
2. 鬥草：古代一種遊戲。
3. 羅綬：彩色絲帶。
4. 子規：杜鵑鳥，鳴聲淒厲。

經典名句

恨芳菲世界，
遊人未賞，
都付與，鶯和燕。

　　可恨這繁花似錦的世界，卻無人來欣賞，一任黃鶯和飛燕獨佔。

辛棄疾　陳亮

姜夔　**揚州慢**

掃碼聆聽粵語朗讀

淳熙丙申至日，予過維揚[1]，夜雪初霽，薺麥彌望。入其城則四顧蕭條，寒水自碧。暮色漸起，戍角悲吟。予懷愴然，感慨今昔，因自度此曲，千巖老人以為有黍離之悲也。

淮左[2]名都，竹西[3]佳處，解鞍少駐初程。過春風十里，
盡薺麥青青。自胡馬[4]、窺江去後，廢池喬木，
猶厭言兵。漸[5]黃昏，清角吹寒，都在空城。

杜郎[6]俊賞，算而今、重到須驚。縱豆蔻[7]詞工，
青樓夢好，難賦深情。二十四橋仍在，波心蕩、
冷月無聲。念橋邊紅藥[8]，年年知為誰生。

賞析

揚州慢，詞牌名，為姜夔自度曲。詞前小序交代了此詞的寫作緣由及背景。上片記述所見之景，情景交融：先化用杜牧詩句，寫金兵踐踏之前的揚州美景，"自胡馬窺江去後"轉入對戰後一派荒涼的描寫，以"清角吹寒"渲染淒涼的氛圍，以"空城"概括此地已成廢墟。下片述懷：杜牧的揚州詩歷來膾炙人口，下片詞人即從杜牧身上落筆，藉杜牧"重到須驚""難賦深情"，反襯今日揚州城之荒涼蕭瑟，進一步深化詞人"黍離之悲"。全詞運用對比手法，把杜牧詩中美麗的揚州與眼下"廢池喬木"進行對比，詞人對戰爭的痛恨、對故國家園慘遭罹亂的悲憤之情躍然紙上。

註釋

1. 維揚：揚州。
2. 淮左：淮東。揚州是宋代淮南東路的首府，故稱"淮左名都"。
3. 竹西：竹西亭，在揚州城東。
4. 胡馬：南犯的金軍。
5. 漸：向，到。
6. 杜郎：杜牧。
7. 豆蔻：形容妙齡少女美豔。杜牧《贈別》："娉娉嫋嫋十三餘，豆蔻梢頭二月初。"
8. 紅藥：芍藥。

經典名句

二十四橋仍在，
波心蕩、冷月無聲。

　　二十四橋仍然還在，而橋下江中的波浪浩蕩，淒冷的月色，寂靜無聲。

姜夔　暗香

掃碼聆聽粵語朗讀

辛亥之冬，予載雪詣石湖[1]。止既月，授簡索句，且徵新聲[2]，作此兩曲。石湖把玩不已，使工妓[3] 隸習[4] 之，音節諧婉，乃名之曰《暗香》、《疏影》。

舊時月色，算幾番照我，梅邊吹笛？喚起玉人，
不管清寒與攀摘。何遜[5] 而今漸老，都忘卻、
春風詞筆。但怪得、竹外疏花，香冷入瑤席。

江國，正寂寂。歎寄與路遙，夜雪初積。
翠尊[6] 易泣，紅萼[7] 無言耿相憶。長記曾攜手處，
千樹壓、西湖寒碧。又片片吹盡也，幾時見得？

賞析

暗香，是姜夔自度曲，詞前小序點明詞曲來由。此詞與下一首《疏影》均為詠梅之作。姜夔有多篇詠梅之作，以此二首詞為最工，時人張炎讚曰："前無古人，後無來者，自立新意，真為絕唱。"《暗香》句句寫梅，上片寫月下賞梅，下片寫雪中賞梅，賞梅時又處處因梅而懷人。全詞不斷在過去、現在之間往復搖曳，花人合一，今昔交疊，情境幽靜淒清。

註釋

1. 石湖：在蘇州西南，與太湖通。范成大居此，因號石湖居士。
2. 徵新聲：徵求新的詞調。
3. 工妓：樂工、歌妓。
4. 隸習：學習。
5. 何遜：南朝梁詩人，以吟詠梅著稱。
6. 翠尊：翠綠酒杯，這裏指酒。
7. 紅萼：指梅花。

經典名句

長記曾攜手處，
千樹壓、西湖寒碧。

　　總記得曾經攜手遊賞之地，千株梅林壓滿了綻放的紅梅，西湖上泛着寒波一片澄碧。

姜夔　疏影

掃碼聆聽粵語朗讀

苔枝綴玉[1]，有翠禽[2]小小，枝上同宿。客裏相逢，
籬角黃昏，無言自倚修竹。昭君[3]不慣胡沙遠，
但暗憶、江南江北。想佩環、月夜歸來，
化作此花幽獨。

猶記深宮舊事，那人正睡裏，飛近蛾綠[4]。莫似春風，
不管盈盈，早與安排金屋[5]。還教一片隨波去，
又卻怨、玉龍[6]哀曲。等恁時、重覓幽香，
已入小窗橫幅。

賞析

此詞與《暗香》均為姜夔自度曲。《暗香》句句寫梅，意在懷人；《疏影》無句有"梅"，卻處處詠之。

上片先以"苔枝綴玉"描繪梅花的形貌，接着化用趙師雄羅浮遇美、杜甫《佳人》詩句、昭君出塞三則典故，點出梅花的幽靜孤高，意境幽美；下片則從梅花盛開的情景推想其飄落時的姿態，用壽陽公主及陳阿嬌事，表達惜花憐香的傷感，又藉笛聲裏梅花哀怨的曲調，渲染無限悵惘之情。最後兩句想到梅花落盡，只剩下空枝幻影映上小窗，深感落寞。

註釋

1. 苔枝綴玉：范成大《梅譜》說紹興、吳興一帶的古梅"苔鬚垂於枝間，或長數寸，風至，綠絲飄飄可玩。"
2. 翠禽：《龍城錄》載，隋代趙師雄遊羅浮山，夢到與一素妝女子共飯，旁邊還有個一綠衣童子。趙醒來，發現自己躺在一株大梅樹下，樹上有翠鳥歡鳴。
3. 昭君：西漢元帝時的宮女王嬙，字昭君，遠嫁匈奴和親。
4. 蛾綠：指女子的眉。
5. 金屋：借用漢武帝金屋藏嬌（皇后陳阿嬌）的故事。
6. 玉龍：玉笛。

經典名句

等恁時、重覓幽香，
已入小窗橫幅。

　　等那時，想要再去尋找梅的幽香，所見到的是一枝梅花，獨立飄香。

史達祖　綺羅香　春雨

掃碼聆聽粵語朗讀

做冷欺花，將煙困柳，千里偷催春暮。
盡日冥迷，愁裏欲飛還住。驚粉重、蝶宿西園[1]，
喜泥潤、燕歸南浦[2]。最妨它、佳約風流，
鈿車不到杜陵[3]路。

沉沉江上望極，還被春潮晚急，難尋官渡。
隱約遙峰，和淚謝娘眉嫵。臨斷岸、新綠生時，
是落紅[4]、帶愁流處。記當日、門掩梨花，
剪燈深夜語。

賞析

綺羅香，詞牌名。這是一首詠春雨的詞，通篇不露一個"雨"字，而極盡致趣。上片寫細雨春愁。春雨欺花困柳，表面上是怨春，實際上處處流露出對春雨喜愛和惜春的情懷。下片描摹春雨中的郊野景色，"沉沉"、"和淚"、"落紅"、"帶愁"，以及"門掩梨花"，共同構織成一片淒清的景色。遠處隱約的青山，頗似含淚女子之含顰帶愁，愈覺嫵媚。

註釋

1. 西園：泛指園林。
2. 南浦：泛指水濱。
3. 杜陵：唐代郊遊勝地之一，這裏泛指遊樂處。
4. 落紅：落花。

經典名句

臨斷岸、新綠生時，
是落紅、帶愁流處。

　　臨近殘斷的河岸，可以看見綠綠的水波漲起，水面漂着片片落紅，帶着憂愁向東流去。

史達祖 **雙雙燕** 詠燕

過春社[1]了，度簾幕中間，去年塵冷。差池[2]欲住，
試入舊巢相並。還相[3]雕樑藻井[4]，又軟語、商量不定。
飄然快拂花梢，翠尾分開紅影。

芳徑，芹泥[5]雨潤。愛貼地爭飛，競誇輕俊。
紅樓歸晚，看足柳昏花暝。應自棲香正穩，便忘了、
天涯芳信。愁損翠黛雙蛾[6]，日日畫闌獨憑。

賞析

雙雙燕，詞牌名，為史達祖自度曲。這是一首詠燕名作，通篇不著一"燕"字，而把
燕子描寫得惟妙惟肖，甚是精彩。

上片寫雙雙燕重歸舊巢，下片寫雙雙燕飛遊的適意和樓中女子的幽思。詞人把雙雙燕放
在紅樓清冷、思婦傷春的環境中，將雙雙燕子相親相愛歡快玩樂，與思婦"畫闌獨憑"
的寂寞生活相對照，頗有深意。整首詞洋溢着春天的氣息和生命的活力，後人評價：
"詠物至此，人巧極天工錯矣！"

註釋

1. 春社：古俗，農村於立春後、清明前
   祭神祈福，稱"春社"。
2. 差池：燕子飛行時，有先有後，尾翼
   張舒不齊。
3. 相（xiàng，粵 soeng[3] 想[3]）：端看、
   仔細看。
4. 藻井：用彩色圖案裝飾的天花板，形
   狀似井欄，故稱藻井。
5. 芹泥：水邊長芹草的泥土。
6. 翠黛雙蛾：指閨中少婦。

經典名句

愁損翠黛雙蛾，
日日畫闌獨憑。

　　雙雙燕的相依相偎，使得佳人終日
愁眉不展，天天獨自憑着欄杆。

劉克莊　卜算子

掃碼聆聽粵語朗讀

片片蝶衣輕，點點猩紅小。
道是天公不惜花，百種千般巧。

朝見樹頭繁，暮見枝頭少。
道是天公果惜花，雨洗風吹了。

賞析

劉克莊詞以豪放見長，而這首惜花之作卻寫得婉約含蓄。上片寫花的可愛，下片寫花被"雨洗風吹了"的惋惜之情。全詞欲抑先揚，抑揚之間，流露出詞人對天老爺任憑風雨摧殘花事的不滿。此詞不僅僅寫惜花，而是以比興手法，委婉含蓄地表達了詞人才不見用的悽楚情懷和對當權者壓制人材的不滿。

經典名句

道是天公果惜花，
雨洗風吹了。

　　說是上天果然憐惜花朵，可這花兒卻被雨打風吹得凋謝了。

吳文英　浣溪沙

掃碼聆聽粵語朗讀

門隔花深夢舊遊，夕陽無語燕歸愁。
玉纖香動小簾鈎。

落絮無聲春墮淚，行雲有影月含羞。
東風臨夜冷於秋。

賞析

吳文英，南宋詞人，著有《夢窗詞》三百四十餘首。這是一首感夢懷人的詞。

上片回憶舊遊之所，本擬相聚，卻怎料伊人相分手，"歸愁"二字點明旨意；下片運用借景抒情的手法寫分離時的痛苦，不著一"情"字，而滿紙皆為情。借夢寫情，更見情癡，離愁別緒耐人尋味。

經典名句

東風臨夜冷於秋。
　　春夜東風卻比秋夜的涼風還要冷。

吳文英　**風入松**

掃碼聆聽粵語朗讀

聽風聽雨過清明，愁草瘞[1]花銘。

樓前綠暗分攜路，一絲柳，一寸柔情。

料峭春寒中酒[2]，交加曉夢啼鶯。

西園[3]日日掃林亭。依舊賞新晴。

黃蜂頻撲鞦韆索，有當時、纖手香凝。

惆悵雙鴛[4]不到，幽階一夜苔生。

賞析

風入松，詞牌名，又名遠橫山、風入松慢。此詞為傷春懷人之作詞。

上片前兩句寫傷春，三、四句寫傷別，五、六兩句則將傷春與傷別交融一體，情景交融，意蘊深邃。"聽風聽雨過清明"句，不寫"見"而寫"聽"，使人聯想起杜牧的"清明時節雨紛紛"，同時也想起"路上行人欲斷魂"，語淺而意深。下片寫清明已過，風雨已止，天氣放晴了，分別已久的情人，怎麼能忘懷！"黃蜂"二句，以黃蜂的"頻撲鞦韆索"而想到那是因為上面留有佳人素手餘香，看似想入非非，卻極生動傳神，對故人的一往情深躍然紙上。

註釋

1. 瘞 (yì 意，粵 ji³ 意)：埋葬。
2. 中 (zhòng，粵 zung³ 眾) 酒：醉酒。
3. 西園：在吳地，是夢窗和情人的寓所。
4. 雙鴛：一雙繡有鴛鴦的鞋子。這裏指女子的足跡。

經典名句

黃蜂頻撲鞦韆索，
有當時、纖手香凝。

　　黃蜂不斷地撲向鞦韆的繩索，因為仍有當時伊人纖手的馨香凝結在此。

吳文英　**唐多令**　惜別

掃碼聆聽粵語朗讀

何處合成愁？離人心上秋。縱芭蕉、不雨也颼[1]颼。
都道晚涼天氣好，有明月、怕登樓。

年事[2]夢中休，花空煙水流。燕辭歸、客尚淹留[3]。
垂柳不縈裙帶[4]住，謾長是、繫行舟。

賞析

唐多令，詞牌名，又名糖多令、箜篌曲等。此詞為羈旅懷人之作。

上片寫離人悲秋，開頭兩句"何處合成愁？離人心上秋"，一語雙關，信手拈來，毫無造作之嫌，且緊扣主題秋思離愁。下句"縱芭蕉不雨也颼颼"借景抒情，渲染離別時的淒涼氛圍：雖然沒有下雨，但芭蕉也會因颼颼秋風而發出淒涼的聲響。下片寫羈旅懷人，"燕辭歸、客尚淹留"句，直接點明羈旅之事。"垂柳"既是眼中秋景，又關離情別緒。"縈"、"繫"皆與情思悠長纏綿相關聯。全詞字句不事雕琢，渾然天成，乃夢窗詞中的佳作。

註釋

1. 颼（sōu 搜，粵 sau[1] 收）：形容風雨的聲音。這裏指風吹蕉葉之聲。
2. 年事：指往年的情事。
3. 淹留：停留。
4. 裙帶：代指女子。

經典名句

何處合成愁？離人心上秋。
縱芭蕉不雨也颼颼。

　　怎樣合成一個"愁"字？是離別之人的心上加個秋。縱然是秋雨停歇之後，芭蕉也會因秋風發出淒涼的聲音。

文天祥　酹江月

掃碼聆聽粵語朗讀

乾坤能[1]大，算蛟龍、元不是池中物。
風雨牢愁[2]無著[3]處，那更寒蛩四壁。
橫槊[4]題詩，登樓作賦，萬事空中雪。
江流如此，方來[5]還有英傑。

堪笑一葉飄零，重來淮水，正涼風新發。
鏡裏朱顏都變盡，只有丹心難滅。
去去龍沙，江山回首，一線青如髮。
故人應念，杜鵑枝上殘月。

賞析

酹江月，詞牌名，即念奴嬌。文天祥，南宋詞人，抗元英雄，以忠烈之名傳於後世。宋祥興元年（1278）十二月，文天祥被捕，第二年四月被押送回燕京，途中同行的好友鄧剡因病留在天慶觀就醫。臨別時鄧剡作詞《酹江月·驛中言別》送文天祥，文天祥作此詞酬答鄧剡。全詞不假雕飾，蒼涼悲壯，表達了詞人堅貞不屈的節操和以死報國的決心。

註釋

1. 能：同"恁"，如許、這樣之意。

2. 牢愁：深重的苦悶。

3. 著（zhuó，粵 zoek[3] 爵）：放置，安放。

4. 槊（shuò 碩，粵 sok[3] 索）：古代兵器長矛。

5. 方來：將來。

經典名句

鏡裏朱顏都變盡，
只有丹心難滅。

　　縱然鏡中容顏已衰老，兩鬢斑白，唯有丹心一片永不滅。

周密 **聞鵲喜** 吳山觀濤

掃碼聆聽粵語朗讀

天水碧，染就一江秋色。鼇¹戴雪山龍起蟄，
快風吹海立。

數點煙鬟青滴，一杼霞綃²紅濕。白鳥明邊帆影直，
隔江聞夜笛。

賞析

聞鵲喜，詞牌名。這首詞為題詠錢塘江觀潮之作。浙江大潮，蘇辛二人早已吟詠，但此詞卻別有特色。

上片寫海潮欲來和正來之情狀。海潮欲來之時，先從色彩上寫，"天水碧"、"一江秋色"，一片風平浪靜；再寫潮來之時，咆哮洶湧的情景。下片寫潮過風息，江上的另一番景象。結尾寫隔江而能聽到笛聲，可見風平浪靜，萬籟俱寂。從極喧騰到極寂靜，餘韻無窮，頗有唐人"曲終人不見，江上數峰青"意境。

註釋

1. 鼇：傳說中海裏的大龜。
2. 綃（xiāo，粵 siu¹ 消）：生絲織物。

經典名句

鼇戴雪山龍起蟄，快風吹海立。

咆哮的海潮彷彿神龜背負的雪山，又如從夢中驚醒的蟄伏海底的巨龍，還如疾速的大風將海水吹得豎立起來一般。

王沂孫　眉嫵　新月

掃碼聆聽粵語朗讀

漸新痕[1]懸柳，淡彩[2]穿花，依約破初暝[3]。便有團圓意，深深拜，相逢誰在香徑？畫眉未穩。料素娥、猶帶離恨。最堪愛、一曲銀鉤小，寶簾掛秋冷。

千古盈虧休問。歎慢磨玉斧，難補金鏡。太液池[4]猶在，淒涼處、何人重賦清景？故山夜永。試待他、窺戶端正。看雲外山河[5]，還老桂花舊影[6]。

賞析

眉嫵，詞牌名，取自西漢人張敞為妻子畫眉的典故，又名百宜嬌。全詞寫賞月、觀月，因月感懷，託月寄懷，藉詠新月表達自己的亡國哀思。

上片描繪初升的新月，"漸新痕懸柳，淡彩穿花，依約破初冥"，營造出一種搖曳迷離的美好氛圍；"便有團圓意，深深拜"句，寫出對"團圓意"的殷切期望，可同賞者未歸，不免頓生"相逢誰在香徑"的惆悵，這份欣喜很快被蒙上淡淡的哀愁，新月也變得淒清了。下片望月興歎，借月抒懷，由新月的盈虧變化規律，表達對生命短促、世事無常的感慨。結尾以月圓與山河破碎相對照，難掩國土淪喪的悲愴之情。

註釋

1. 新痕：指初露的新月。
2. 淡彩：微光。
3. 初暝：夜幕剛剛降臨。
4. 太液池：漢唐均有太液池在宮禁中
5. 雲外山河：暗指遼闊的故國山河。
6. 桂花舊影：月影。

經典名句

漸新痕懸柳，淡彩穿花，
依約破初暝。

　新月如佳人一抹淡淡的眉痕，懸掛柳梢之上。新月漸升，淡淨的月彩從花樹間透過，朦朧的光華將初降的暮色劃破。

蔣捷　虞美人 聽雨

少年聽雨歌樓上，紅燭昏羅帳[1]。
壯年聽雨客舟中，江闊雲低、斷雁[2]叫西風。

而今聽雨僧廬下，鬢已星星[3]也。
悲歡離合總無情。一任階前、點滴到天明。

王沂孫　蔣捷

賞析

虞美人，詞牌名，又名一江春水、玉壺水等。此詞用三幅聽雨圖象徵性地再現了詞人真實的一生。詞以雨為背景，以聽雨為典型事件，以歌樓、客舟和僧廬為特定地點，以人生少年、壯年和老年的三個階段為線索貫穿全詞，三個時期，三種心境，把自然風雨與人生風雨融為一體，表達自己在經歷人世滄桑變幻後的無限感慨。全詞用詞洗練，言簡意賅，顯示出極高的藝術概括技巧。

註釋

1. 羅帳：紗帳。
2. 斷雁：失群孤雁。
3. 星星：形容生出白髮。

經典名句

悲歡離合總無情。一任階前、
點滴到天明。

　　人生的悲歡離合總是無情的。風雨也不會因人的喜好或厭惡而改變，依舊在台階前，點點滴滴，一直落到天亮。

張炎　**南浦**　春水

掃碼聆聽粵語朗讀

　　波暖綠粼粼，燕飛來、好是蘇堤[1]才曉。魚沒浪痕圓，
流紅去、翻笑東風難掃。荒橋斷浦，柳陰撐出扁舟小。
回首池塘青欲遍，絕似夢中芳草。

　　和雲流出空山，甚年年淨洗，花香不了。新綠乍生時，
孤村路、猶憶那回曾到。餘情渺渺，茂林觴詠如今悄。
前度劉郎[2]歸去後，溪上碧桃多少？

賞析

南浦，詞牌名。張炎，南宋末期著名詞人，其詞寄託了故國衰亡之痛，極其蒼涼。此詞乃其成名作，故又有"張春水"的美稱。此詞上片詠西湖水，描繪湖中景致，湖光粼粼，綠波蕩漾，瀰漫着春的氣息，透出了春日和煦溫暖之意；下片詠溪水，描繪溪水周圍的景致"雲和"、"山空"、"花香"，化用典故，表達韶光易逝、世事無常的人生感慨。

註釋

1. 蘇堤：西湖十景之一，北宋蘇軾調集
   民工所築。
2. 劉郎：化用劉禹錫《戲贈看花諸君子》
   詩句："玄都觀裏桃千樹，盡是劉郎
   去後栽。"這裏以劉郎自指。

經典名句

魚沒浪痕圓，流紅去，
翻笑東風難掃。

　　水波起伏之狀宛如魚兒沒入湖水，微起漣漪。湖水帶走繽紛狼藉的落花的同時，還要嘲笑東風無力吹淨殘瓣。